张立 平常谈

興雲布雨

张 立◈著

朗聲圖書
中山大學出版社
SUN YAT-SEN UNIVERSITY PRESS
·广州·

图书在版编目（CIP）数据

张立平常谈. 兴云布雨/张立著. —广州：中山大学出版社，2015.8(2024.5重印)
ISBN 978-7-306-05176-9

Ⅰ. ①张… Ⅱ. ①张… Ⅲ. ①随笔—作品集—中国—当代 Ⅳ. ①I267.1

中国版本图书馆CIP数据核字（2015）第019970号

封面绘图：李志清

张立平常谈：兴云布雨 Zhang Li Pingchang Tan: Xingyun Buyu

出 版 人 王天琪
总 策 划 欧阳群
责任编辑 何 娴
封面设计 李家生
出 版 社 中山大学出版社
（广州市新港西路135号 邮政编码：510275）
电 话 编辑部020-84111996，84111997，84113349，84110779
网 址 http://www.zsup.com.cn
E-mail:zdcbs@mail.sysu.edu.cn
地 址 广州市新港西路135号 邮政编码：510275 传真：020-84036565
发 行 广州市朗声图书有限公司（电话：020-34297719）
印 刷 湛江南华印务有限公司
规 格 880mm×1230mm 1/32 8印张 169千字
版次印次 2015年8月第1版 2024年5月第2次印刷
定 价 36.00元

编者的话

谈到香港的报纸专栏和电视节目，不能不提到张立先生。其主笔的《商心国是》专栏历经二十年而不衰，结集出版后每次都成为畅销书；其主持的《平常谈》电视节目不仅风靡港澳，在广东也大受追捧，其影响更远至东南亚等海外华人社会，他本人被香港众多政商学界精英奉为良师。

张立先生深入佛道儒学，特别对佛学有相当的造诣，他时常只身一人造访名山大川，在行走中感悟天地。对中国文化，他并不停留在口宣笔讲，更重在实践中证悟，在传承中创新，他在投资界和传媒界极富传奇色彩的成功经历，可谓一例。在跌宕起伏的人生历练中，张立先生无论顺境逆境，始终保持一颗平常心，提得起，放得下。许多与他共事过、交往过的人，对他的豁达、大度和洒脱，印象深刻。他谈问题每每有新意，言人之所未言，且善于抓住要害，化繁为简，深得般若智慧。他的文章，亦如其人，流于自性，直指人心，寥寥数语即将哲理禅机与国际大事、身边琐事、古人之事、今人之事融会贯通，读来豁然神会，启人深思。古人讲“文贵其简”、“微言大义”，正是如此。在为文多是长篇大论、虚浮空谈的时下，这种短、实、新的清新文风，让人倍感亲切。

2012年6月，我们编辑出版了“张立平常谈”系列之《回归大地》。首版万册数月内即告售罄。许多公共图书馆、文化讲坛和学校纷纷邀请张立先生前去开讲，为读者和青年学子解读中国文化的生命力和竞争力。令人感佩的是，张立先生丝毫没有名人的架子，不辞劳苦、不计报酬，每场讲座都与听众坦诚相对，台上台下平等如一。时隔三年，我们推出“张立平常谈”系列之《兴云布雨》，作者的人生智慧为读者带来助益。

初版自序

五台山乃文殊菩萨之道场，自汉代以来，已悠悠二千年。山下有台怀镇，寺庙星布，宋代花和尚鲁智深就在这里大闹山门。镇上有座“五爷庙”，供奉龙王五爷，此五爷乃五台山之护法。自古相传，有求必应，特别于官商两界，格外灵通，得他老人家欢心者，无不飞黄腾达。故此，朝廷上下、华北地区各式官员商人等，尽管当年交通不便，仍长途跋涉，不辞艰辛，只盼能到五爷庙上一炷香、唱一台戏，此乃毕生幸事。故此自明清以来，五爷庙的香火，山中第一。近年，再加上前所未有的交通便利，五爷庙已被香火及人潮淹没了。但有一件事却少人知道，这涉及五爷的真趣。

二十年前，笔者初到五台，其时未有柏油路，只三条泥路通往山外，人烟稀少，鸡犬不闻。初谒五爷，大殿两旁的一副对联，呈先声夺人之势。曰：“兴云布雨，庄严清凉净土；祛邪扶正，利乐炎黄子孙。”此联既是五爷之“愿力”，也是对求官求财者的棒喝。官、财都是好事，但凭什么给你？为什么给你？你做了官发了财，能“祛邪扶正”吗？能为老百姓做好事吗？如果你不能，就别要，要了就有后遗症，因为五爷嫉恶如仇是出名的，且脾气暴躁，你要官要财又做坏事，就收拾你，一撸到底。九十年代，山中有被称为五爷化身的奇僧，在油灯下对笔者如是说。

这副对联是五爷的本愿。但不知为什么九十年代末，消失了。你现时到五爷庙，已看不到。看不到，不等于不在。“祛邪扶正”从人身到家庭、到单位、到国家民族，是永远要时时进行的，否则，小至个人、大至国家，就烂、就臭、就死，就淘汰。古今中外，无一例外。

至于兴云布雨，非寻常百姓能做到的。因为滋润大地，养育山河，只有像龙一般，有纵横九天的高度，有吞吐风物的能量，方可为之。但龙亦有恶龙，有毒龙。有高度有能量，但恶毒者，那将会危害苍生，故此代表正能量、五台山大护法龙王五爷，才把“祛邪扶正”摆在第一位。要当“人中龙”，要“望子成龙”，地位、财富要，但先有正气方为第一。这就是中国文化的真趣。

人有七情六欲，吃好点，穿好点，住好点，受人尊重，谁不想？古往今来，人们不辞千辛万苦去经营、去读书，无非为“出人头地”，成“人中之龙”。其实龙王五爷，也是个性情中人，他好喝点小酒，好看戏，脾气暴，有时也打错人。但他“利乐众生”之心，永不息。这叫“不离正法起邪行”。圣人、正人君子，也吃人间烟火。

本书的文字是过往二十年，在香港专栏《商心国是》中编选出来的，都是旧文。笔者行文，随心所欲，过后就忘，朗声图书欧阳群先生认为还好，成书第一本是《回归大地》，2012年出版。这一本就叫《兴云布雨》吧，因为龙王五爷又腾挪于九天，行“祛邪扶正”的云雨，雨后将是晴朗的蓝天。

张　立

2015年8月4日于广州珠江新城鸡罗书斋

再版序

这本《兴云布雨》，选编自张立先生在香港撰写的《商心国是》专栏。作者称之为二十年前的“旧文”。这些文字，今日读来，仍有常读常新之感。张立早年毕业于中国人民大学，自幼喜欢读书，于古圣先贤、诸子百家的学问广有涉猎，兼之悟性又高，年轻时即见识不凡，及至中年，师从中国佛教文化研究所所长吴立民大德，勤研佛学，得般若智慧，吴师称“张立通佛道儒”。读书、做学问能达此“通”境，可谓“达”矣！张立先生写文章、谈问题，眼光独到，有新意，契禅机，既能抓住要害，一语中的，又具创新思维。他的文字朴实无华，行文简练，流于自性，有一种直指人心的力量。

香港是一个高度商业化的社会，各行各业、各色人等，天然有一颗“商心”，其中能做出一番成就的人物，往往极具商业头脑，文化界、媒体界也大抵如此。倘若讲修身处世、人生哲理一类的文章，读来不能令人耳目一新，没有指点迷津、趋利避害的实际效用，是很难引起共鸣的；甚或文章写得花团锦簇，但写文章之人未见发达，并非成功人士，也会被人谓之只得一个“讲”字，未免说服力缺如。张立二十世纪七十年代末到香港谋求发展，其时香港作为国际大都市、世界自由贸易港，精英荟萃，可谓如日中天。一个内地人，不懂英文，赤手空拳，无所依凭，要想在香港出人头地，谈何容易？即便如张立这般文化奇才，也得经历住“劏房”、干地盘工的艰苦谋生阶段。然而他能迅速在文化传媒界站住脚跟，继而声名鹊起，足见其功力非凡。1982年他率先发表《1997年中国铁定收回香港主权》，成为引起全球轰动的新闻报道；九十年代初应邀撰写《商心国是》专栏，深受精英人士追捧；九十年代末出任亚洲电视总顾问，开讲《张立平常谈》，策划《百万富翁》等电视节目，席卷粤港澳和海外华人社区，香港才子黄霑评价“张立平常谈开香港电视史先河”；他做投资，也是成绩不俗，集成功投资人与香江健笔于一身。一时之间，香港政商名流，争先奉之为座上宾，引之为良师者众。

这些在常人看来的“大成功”，其实得益于他的知行合一，是其将所写文字付诸实践的实证成果。然而张立并不执着于这些“成功”。令人敬佩的是，无论是著文，还是做事，他常思报效国家，服务社会。今天重读他的文章，不得不服膺于他对历史发展趋势的非凡洞见力，在二三十年前发表的见解，在今天往往得以验证。他勤于笔耕，将中华优秀传统文化典籍加以创造性转化，使其成为今天的读者更易于学习和领会的简洁文字，正如这本《兴云布雨》，字里行间，无不显见他的真知灼见和催人奋进的正能量。

值此再版之际，是为序。

欧阳群

2024年4月28日于广州

目 录

辑一

不畏无常
人怎样活才能内心强大？

“无常是大法”。大法者，非小法也。明白无常，就破“执着”。应顺其自然，一切好的坏的，成功失败，都欣然接受。这样永葆青春。

人间何处不巉岩 // 002

无物不照，随处皆春 // 004

认识“无常”，不怕“无常” // 005

随谈“无常” // 007

从“藏锋”谈起 // 009

谈“迫” // 010

《易经》的“谦” // 012

不轻受人恩 // 014

一人得道，鸡犬升天 // 016

海啸有感 // 018

夜读小札 // 019

再谈开发潜在宝藏 // 020

读书有感 // 022

山中七日，世上千年 // 024

“着相”随笔 // 026

“因”字三测 // 027

“坚忍”谈 // 028

“欲速不达”谈 // 030

“不可思议”谈 // 032

辑二

无忧最胜
认识痛苦，才能找到幸福

不要终日求享乐，也不必刻意求吃苦，心之所适为荣，心之不悦为苦。苦乐，存乎一心。心修好了，乐也乐，苦也乐，“东南西北尽皆通”，“日日是好日”，“昼夜六时大吉祥”。

心似白云常自在 // 034

打开心胸 // 036

做“力所能及”的事 // 037

“放手”的例子 // 039

痛苦变痛快 // 041

多愁为养生第一病 // 043

苦与乐的层次 // 045

“无相为宗” // 047

无寿者相与拜寿 // 048

天若有情天亦老 // 050

两极中的平衡 // 051

既进取又平淡 // 053

以苦病为良药 // 054

“时机”随笔 // 055

时空感言 // 057

龙含海珠，游鱼不顾 // 059

“无明”议 // 061

庙太多、法太少 // 063

“欲界定” // 065

“开心”解 // 067

烧香多，智慧少 // 069

“挨”的乐趣 // 070

辑三

财富修行
善处乐苦，福报自来

利欲心太重，难得静下来；急功近利太切，难得坚持下去。就如大年初一，争插头炷香，争先恐后，表面敬神，其实为己，而且潜意识把神明看成是“无智慧”的凡夫，这怎么能得神明护佑？

量入为出、持盈保泰 // 074

积财可以避患，患亦生于多财 // 075

“贵贱贫富”谈 // 076

富之反 // 078

成功者的性格 // 080

量大福自大 // 081

能力与魄力 // 083

从猢狲到丰田 // 085

赚钱易，发达难 // 087

怎堪一个“水”字了得 // 088

以仁为富，以义为贵 // 090

再谈“为富不仁” // 091

螳螂捕蝉，黄雀在后 // 093

旧作新登 // 095

不是诗人不语诗 // 097

“挨”的精神 // 098

合与分 // 100

“滴水之恩”谈古风 // 101

城门失火，殃及池鱼 // 102

风浪 // 104

“作大”与平常心 // 105

天道忌盈 // 107

辑四

世事洞明
如何知人顺势得机缘？

什么叫形势比人强？形势，形者格局，势者趋向；大的形势一掀起，个人的力量是无法阻挡的。势者，规律也，道也，正确的方向也；当你与之整合，你就有能量，就无往而不利。

成功三部曲 // 110

随笔说“势” // 112

“势与力”随笔 // 114

遇不遇者，时也 // 116

“审时度势”谈 // 118

当局者迷 // 119

立场观点方法 // 121

由成变败在“傲”字 // 123

目明、耳聪、心公 // 125

提倡学习，反对模仿 // 126

利益与友情 // 128

交友，读书小札 // 129

随缘与攀缘 // 131

秘方的启示 // 132

“三器”与“六忧” // 133

鉴人一二 // 135

人治，也不简单 // 137

假亦真时真亦假 // 139

优胜劣汰谈 // 141

“无中生有”谈 // 143

“擦鞋”有感 // 145

反思·学习·勇气 // 146

好察非明，必胜非勇 // 148

说政治重势 // 149

辑五

逍遥世间
在行走中证悟

看不到无所谓，不要执着，不要否定，这是进步。为何要读书要行路，要思考，要探索，就是要开阔，要拉长视野，尽量贴近事实。

天地无情 // 152

内敛、纵横 // 154

生死观 // 155

逍遥谈 // 156

“冷” // 157

游走随笔 // 158

朝雨潜龙轻出海 // 159

青山独行 // 161

夜郎自大说 // 163

湘行杂谈 // 165

无题 // 167

凡尔赛宫谈因果 // 169

悦城龙母，母仪粤西 // 171

秦时明月汉时关 // 173

西望长安 // 174

茅山 // 176

陕西山川 // 178

上海往来 // 180

重走唐僧西行路 // 182

铁门关怀古 // 184

午夜锣鼓 // 186

魁星，龙门，鲤鱼 // 188

民间神明的启示 // 189

辑六

纵浪大化
从他人的成败汲取力量

凡事，久则淡，淡则变，变则疑，疑则真伪莫辨，终乃至于忘怀，成败兴衰尚且如是，其他的更不用谈了。历史故事中，隐然显现世代变迁与人物造化的轨迹。

墨子的话 // 192

读史有感 // 193

“勤” // 195

齐白石学画 // 197

隋炀帝“问将” // 198

东坡旧事 // 199

外举不避仇，内举不避亲 // 200

纸上谈兵张佩纶 // 202

左宗棠的“经世致用” // 204

中华之难，中华当之 // 206

不可与言道 // 208

从乾隆看当局者迷 // 210

如何破当局者迷 // 212

从五台话说起 // 214

专找皇帝麻烦的“给事中” // 216

官小权大话县官 // 218

一脚踢出个吴佩孚 // 220

“遏必隆刀” // 222

潮州萧举人与丐帮 // 223

移花接木，嫣嫣与春申君 // 225

明代伶人干政二例 // 227

“望梅止渴”的虚与实 // 228

南明旧事 // 230

霍英东的“放下”与“观空” // 232

历史的俘虏 // 234

辑一

不 畏 无 常

人怎样活才能内心强大？

“无常是大法”。大法者，非小法也。

明白无常，就破“执着”。

应顺其自然，一切好的坏的，成功失败，都欣然接受。

这样永葆青春。

/

人间何处不巉岩

/

苏东坡的《慈湖峡阻风》中有句“人间何处不巉岩”，道出人世情。

有时听年轻朋友讲，总是“怀才不遇”、“时运不济”。不错，时运固然重要，但更要知道，时运不济时，切不可怨天尤人，倘如是，时运会更差。这不是笔者说的，是深通易理并为之作文的孔夫子说的。遇到很大的困难怎么办，有谓“硬住头皮顶硬上”，有谓“打掉门牙肚里咽”，就如目前佛罗里达州飓风来了，只能等飓风过去再收拾残局。有人把埋怨变成习惯，什么都是别人的错，从时势到环境到朋友，天时、地利、人和都错，这于事有何补？若干年过去，埋头苦干的人上岸了，自己还在水中埋怨，这样的例子还少吗？个人如是，地区如是，今日的香港怨声载道，但真正做事有几人？买少见少了，这才是真正的危机。

东坡先生，现在是人人赞诵的大才子，他在生之时，也是历尽波折，在官场被排斥打击，贬到广东惠州，再贬到海南岛中部的蛮荒之地，当时是靠两条腿行路，乘小船过海峡。今日的海南儋州尚且落后得可以，宋朝时，可想而知，“野人”聚居之地也。但你看东坡先生面对困境，何等乐观，一路写诗作对，为后人留下美好的篇章。如果他只会埋怨，世上何来苏东坡？

人生到处都是险峰，不管贫贱富贵都面临挑战，都没有安乐茶饭。苏东坡经历多了，明此道理，慨然唱之“人间何处不巉岩”，是乐观的。

无物不照，随处皆春

星期三早上飞长沙，探视老师，逗留数天再去北京。平时行文，晚上动笔，次日见报，日日鲜，出门就要多准备两三篇，防脱稿。写什么？想起两句话，叫作“以慧眼看人，无物不照；拿良心做事，随处皆春！”

时时听人抱怨，或说被人欺骗，或说小人加害，上一句“以慧眼看人”，就教你如何辨人识物。慧眼者，智慧之眼，智慧之眼区别于世俗之眼；世俗看人，无非钱、权、名、利、色，有则称为成功，靠拢；无则认为失败，避之。恰恰这正是被骗之源。而慧眼实有多个层次，最普通的，少些势利，少些攀缘，能如此，被骗的机会其实很低。至于小人，笔者数年前写过“小人愈打愈多”，只差点明，打小人者恐怕正由于自己近小人。但小人可变为君子，一个办法，“扩宽心胸”。

“拿良心做事”，不害人，不损人，少求人，不贪小便宜，堂堂正正的，你自己“随处皆春”，安安乐乐，而所谓小人也不翼而飞，信不信由你。不妨一试。

认识“无常”，不怕“无常”

翁祐先生（翁祐：香港富豪、名流）放弃生命，必有其苦衷，但毕竟使人错愕。虽然往来不多，但认识二十年，谈点感想。

目前在本栏谈及人的平衡，首要的是内外平衡，即物质财富、权力、名誉与内心充实的平衡，我们在追求外在的东西同时，如果把一些时间及精力，放在关注自己内心及对世界的认识，加强自己内在的力量，才不至于失衡。

首要的认识，是对“无常”的认识。何谓“无常”？我们挂在口的，心中想的是“常常”，亦即是《生日歌》唱的“年年有今日，岁岁有今朝”。要好景常在，钱要永远多，官要永远大，相貌要永远漂亮，人要永远年轻，身体要永远健康……趋吉避凶是人的本能，有良好的愿望，本在情理之中，但要明白这只是愿望而已。因为“常常”本不存在，客观规律是“无常”。怎么说？就是这个世界没有“常依不变的东西”，物质是“成住坏空”，心态是“成住异灭”，人身是生老病死，天气是春夏秋冬，月亮是月圆月缺。既然这是规律，即是无法可以改变及抗拒的，即是不以人的意志与愿望为转移的，于是就出现一个是“对抗”还是“随顺”的问题，如果太“执着”，就无异把自己放在一个必败的地位，这种无法战胜无常的悲观最后打败自己，而无常的世界依然运转。

对无常一要认识，二要随顺，三要在无常中找到其乐趣及意义，这就是超越。超越什么？先超越世俗的观念，因为所谓世俗的观念其实也是无常。一百年前女人要缠足为美，今日谁去缠足？今日要瘦，肥胖为耻，但曾几何时，肥胖为美。非洲的部族的女子以何为美？回教女子掩脸，西方女子袒胸……无必要标新立异，但也无必要被世风所绑，因为这一切都在变动之中。

花开花落，月圆月缺，各有风姿；水在西部高山为急流瀑布，到了东南为平缓的大河，风起时白浪滔天，沉寂时一潭死水，但一滴水本质不变。想安逸舒服，但危险激起斗志，饥饿生出食欲，流汗排出毒液，烈日消毒杀菌，病痛反思人生，挫折砥砺意志……好中有坏，坏中有好，哪有绝对的好坏？故此无常也不可怕。最后讲到老、病、死，人人无法避、人人都怕，但老师说“死是人生的最大机会”，此话很大震撼，老师是“不证不讲”的人，尽管至今不明，但亦豁然开朗。

世界本无常，无常不可怕；

随顺入无常，从容归大海。

随谈“无常”

周日在山顶行，遇到陈、高夫妇，问：“小孩多大了？”“十七岁。”一听吓了一跳，因上次在山顶碰到他们时，他们两位是推着婴儿车的，仿佛是不久前的事。印象中，他们的小孩大约是七八岁。真的快活不知时日过，或者辛苦不知时日过，十多年过去，弹指一挥间。

再想想在《信报》与陈、高同事是20世纪80年代初，他们尚未结婚，1982年撒切尔夫人访华，铁娘了在人民大会堂北门摔一跤时，笔者距离二公尺，屈指一计，这一场景竟是二十七年前的事。

“时间过得真快”。的确是陈腔滥调，但的确是真实的感叹！

笔者这一代人也逐渐退出历史舞台，经历过内地和香港的翻天覆地的变化，同学少年，一起打群架的，当到封疆大吏，不少也面临退休了，出仕的是学弟了。正所谓“有人辞官归故里，有人漏夜赶科场”，如是循环往复。

再说，笔者写《商心国是》这一专栏，始于1990年，明年就二十年了。当年三十岁的读者，也五十岁了。有开始就有结束，是否应“收档”，忽起此念。

感叹时间，是讲“无常”。何谓无常？否定“常常”，只有变动。一切如长江大河，没有停止的。不但外生无常，我们身体也是每时每刻在转动，血液流动、细胞生灭、呼吸吐纳、吃饭饮水、屙屎屙尿，变动即无常；我们的思绪及心态，也时刻在变动，喜怒哀乐、惊恐愁苦、成住异灭……不但人身，地球、太阳系、银河系，莫不如是。

所以说“无常是大法”。大法者，非小法也。明白无常，就破“执着”，不追求“年年有今日，岁岁有今朝”，因为这是虚妄。应顺其自然，一切好的坏的，成功失败，都欣然接受。这样永葆青春。

从“藏锋”谈起

庄子有一句话，叫作“直木先伐，甘井先竭”。木材取直，故伐木必找直树；水井，也是水质甘甜的先被淘干。故此有“藏锋”一说。藏，匿也，蓄也；锋，尖也，锐也，藏锋为书家语，言笔锋藏而不露也。

“直木先伐，甘井先竭”是比喻，藏锋也是比喻，但这些比喻都有现实意义，因为许多有才华的朋友，正因为锋芒毕露而中箭下马，有的更是“出师未捷身先死”，长期被人压制。言语露锋芒，便得罪人，别人成为阻力，成为破坏者；行动露锋芒，便惹人妒忌，别人成为阻力，成为破坏者。藏锋，就是教你把锋芒藏起来，在真正要显露时、真正有作为时，才出鞘。藏锋，是指有“锋”之人，即现在讲有料之人、有才华之人，爱护人才，应提醒“藏锋”。无锋，但自以为有锋，不在此列。

但真达到藏锋，不在一个“藏”字，而在于知“天多高，地多厚”，知道个人在宇宙的渺小，知道古往今来学问之浩瀚、能人之众多，把“我”字、把自高自大逐渐去掉，这一来藏无可藏，连“锋”也没有了。这就是老子讲的大智若愚的境界。

/

谈“迫”

/

人是要迫的，相信许多朋友都有类似经验。工作报告也好，文章也好，读书时考试复习也好，都是最后一刻才迫出来的。笔者因要出门，为免脱稿，一天多写几篇文章，此文在车上行文。

为什么人要迫，因为人的本质一是懒，二是怕难。天生勤力的人有没有？有，很少；天生不怕难的人有没有？有，很少。就多数人而言，如果不迫，他的内在能力未必能发挥，故迫有时是很有效的方法。

有的朋友本来很有潜力，但因为环境太好，一辈子没有压力，结果其潜力未能得到发挥，就像矿藏埋在地下，这是可惜的。

这就是为什么当领导的人，有时要下“死命令”，要定出死线，规定时间要完成任务，这一招有效，特别是有能力的部下，喜欢这样；而这种部下，通常是有潜质、敢于接受挑战的人。

讲起能力，能力有不同的类型，等于奥运会是体育竞技，有不同种类，能短跑者未必能长跑，能举重者未必能游泳，故此不能一概而论。

高明的领导人，是善于发现同事的长处，而把他放在恰当的位置上，不轻易肯定也不轻易否定。

迫，就是赛马的鞭，那匹马的潜质及能力再好，不打鞭，不会快跑，人也同样。但打鞭的同时，要喂饱它，否则就是又要马儿好，又要马儿不吃草了。

本文写于火车上，因出门，多写几篇文章作储备，这就是“迫”。平时只一天一篇，一迫潜力就出来。

/

《易经》的“谦”

/

在《易经》的六十四卦中没有全部是吉，也没有全部是凶的卦，只有一卦例外，就是谦卦。六种变化，全部是吉利的。

为什么呢？因为“天道亏盈而益谦，地道变盈而流谦；鬼神害盈而福谦，人道恶盈而好谦”。天的法则，使满盈亏损，使谦虚增益；地的法则，改变满盈，使其流入谦卑；鬼神的法则，加害满盈，降福谦虚；人的法则，厌恶满盈，喜好谦虚。

天、地、鬼、神、人，都忌盈，都接受“谦”。但要留心，不要把谦虚看成消极的退让，古往今来，这种理解很多，这形成了懦弱的性格；谦应看作积极的有所作为。“谦谦君子，用涉大川，吉”，用谦虚的态度，就是徒步涉过大河那样冒险犯难，也会吉祥。谦虚是一种态度，是对天、地、人、神的敬畏及尊重，但做事勇往直前，无所畏惧。

“辛劳而不夸耀，有功而不自满，敦厚达到极致。这是指有功劳还能对人谦卑的人物”。可骄傲而不骄傲，才是真正谦虚。

谦卦中，有提到战争的。朱子回答这个问题时说：“谦让，也是兵法的极致，这是以退为进，达到胜利。”

唯有平等才是真正的和平。谦虚的动机必须纯正，才能赢得共鸣与爱戴。否则那是虚伪，虚伪绝非谦虚。谦虚必须与实力相结合，才能有所为。

许多朋友分不清虚实。发达好不好？当然好，一百亿、一千亿也不多，否则还搞什么“国富民强”。“手中要有钱，心中要无钱”，才是真正的谦，才是关键。

不轻受人恩

读书随手写下几句话，可供读者参考：

一，“贫贱是苦境，能善处者自乐；富贵是乐境，不善处者更苦。”

对于第一句，香港未必有很多人认同，因为能苦中作乐的人毕竟少。但对第二句，则有现成的例子；有得了横财，却欠下更大的债，也是苦不堪言。环境是外境，心态、精神、文化、学识能力是内境。内在强的人可以适应、改变，或者驾驭外境；相反，则被外境驾驭，自己处处被动。再深入，就是“境由心生，境随心转”。

二，“上士忘名，中士立名，下士窃名。”

身与道合，应运而生，穷则独善其身，达则兼善天下，何来名不名？邓小平七十多岁推动改革开放，何来现世名、身后名之想？为老百姓做事而已，倘为名，他无勇往直前的勇气。其实，真正高层次的大企业家，也是“忘富”的，不会在乎自己多有钱，别人如何评价，只是尽力做事。

第二等的就要立名，凭自己的本事去求。第三等的是窃名，何谓窃名，自己“有料到(注：粤语，没有实力)”，沽名钓誉。不是有的教授、作家去抄别人的东西，用自己的名字发表吗……诸如此类。

三，“不轻受人恩，受则必报。”

人有两种，一种总想得到别人的恩惠，但真的别人给他恩惠，比如钱财上支助他，困难时帮他，过后很快就忘记，也不会有回报的想法。

君子是不轻易受人恩惠的，但受人恩惠，永远记得，并时常设法回报。古人讲小人、君子，这是一个标准。

不要说人，一个民族也是这样，慎终追远，讲究孝道及义、对先人的感恩，这个民族就源远流长；急功近利的民族，尽管兴起快，消亡也快。

一人得道，鸡犬升天

平常讲“一人得道，鸡犬升天”，是指裙带风，任用自己人。做官发达，不管有无能力，有无德行，亲信、姨妈、姑爹都提拔任用。最近说法国总统萨科齐要用自己还未大学毕业的儿子出任重要商业区的主席，而受到举国批评。此为外国版。

但这“一人得道，鸡犬升天”的原典是来自《神仙传》。《神仙传》是一本古籍，记载许多寻仙访道的故事。

汉代淮南王刘安，是历史上一位很出名的求仙学道者，传说他炼丹成功，大白天升天而去，而家中的鸡和狗，因沾了主人仙气，也都上天去，一时只听到半空中鸡犬相叫。《水经注》则记述一位姓唐的人得道成仙，服了丹药，与鸡犬一同白日升天，有“鸡鸣天上，狗吠云中”等语。还有许真君“拔宅飞升（全家升天）”。

从用人的角度，“鸡犬升天”是错的；但从修行的角度，则有其道理。从浅说，“近朱者赤，近墨者黑”，或者“物以类聚，人以群分”。从深说，“能量互相渗透”，一个内在能量大的人，是辐射周围的，愈是信服者，影响愈大。禅宗讲“心心相印”，密宗讲对上师的由衷的尊敬及感受，这样能量传递就畅通，有大成就。禅密均有“泻瓶弟子”说，即师徒相通，有如一瓶水完全倒在另一瓶，全收到了。

前提是心心相印，而非虚情假意，也并无所求，无所得。只作奉献不求所得者，大得。西藏祖师密勒日巴与其师马尔巴，即达此境界，密勒日巴成大祖师。这次到新加坡，在黄鸿年兄处见到清代的密勒日巴像，很感慨。

一人得道，鸡犬升天，一人下地狱，鸡犬也下去。佛家讲“眷属”，正反一如。错了，愈迷愈误，特别要小心。

/

海啸有感

/

《战国策》云:“世有无妄之福，又有无妄之祸。”无妄之祸是不可避的，既然不可避，只能顺其自然，随他去。本来世上最安全的事，莫过于沙滩上晒太阳，但偏偏遇上百年难见的海啸，那有什么办法呢?

从海啸得到的教训，与其是躲避，不如坦然。所谓无妄之祸，正是避无可避之祸，杞人忧天，坐在草地上，天上落陨石打正你的头，如果整天担心害怕，无异于已走上精神病之途，即使不病变，人生实无意义。

任何事情都有风险，骑马会坠马，开车会撞车，行路会有花盆从天而降，游水、爬山、滑雪，哪样无危险……人要怕，无任何事是不可怕的。上述躺在沙滩看书，连水都不下，应是世上最安全的事了，谁想到被大浪卷走呢，这百年难遇的事降临，想也想不到。故此，不要怕，该做就去做，应该是更好的人生态度，此为积极;积极的反面是消极，而危险的几率，对积极与消极是同样的，积极的心态，开朗无忧，是否对身体好一点呢?

一件大事出现，每个人以自己的角度去理解、消化及接受影响，在冲击面前亦有必要去粗取精，去伪存真，吸其营养，去其糟粕，积极比消极好。

夜读小札

掉书袋，最无聊。你知识再多，记性再好，比不过电脑，而一台电脑不到一万港币就可买到。

“居官不爱民，如衣冠盗”。当官的人，如果不爱护自己的百姓，那就等于穿着衣冠的强盗。“讲学不尚躬行，如口头禅”。为人师表者，如果不身体力行、言行一致，所讲的只是口头禅罢了。“立业不思种德，如眼前花”。事业取得成功的人，如果不重道德，不立正气，其事业不过是昙花一现而已。

读书而不求悟，只是书本的奴隶，最终书是书，你是你。文人之扮嘢(注：粤语，装模作样)，过于艺人。

“奢者富而不足，何如俭者贫而有余”？有的朋友本来收入甚丰，乱挥霍，想赚更多，乱投资，结果搞到焦头烂额；真不如收入不多，但量入为出、略有余资的朋友。“平民肯种德施惠，便是无位的卿位；仕官徒贪权争宠，竟成有爵的乞人。”普通百姓有品格甘于奉献，就等于没有职位的公卿将相，令人起敬；达官贵人，如果醉心于贪恋权势，拍马逢迎，那就是徒具爵位的乞丐。

晚上看书，随手写下些文字，供参考。

再谈开发潜在宝藏

六祖惠能到湖北黄梅跟五祖学法，接法之后回到广东，在四会、怀集的深山猎人队中隐姓埋名十六年，再到广州光孝寺削发，人们才知道，禅宗六祖在广东，自此他没有离开过广东，甚至武则天临朝礼请他到长安说法，也婉拒。而禅宗之花真正盛开，并滋润中国文化，正从这位目不识丁的广东新兴县农民开始，而这正显示“相反相成”的禅理。

不少朋友疑问，为何目不识丁的文盲，竟有如此大的智慧？因为从我们的常识看，人必须要读书要学习，才叫受教育，才叫有文化，才能有学识，六祖连经文都看不懂，但著名的《六祖坛经》是他老人家的讲话结集，是汉地佛教唯一以个人言行而入佛法“经典”的事例。

这就告诉我们，知识是学回来的，智慧是悟出来的；而我们的“心”，有不可思议的功能，有潜在的宝藏，一旦清洗得无挂碍，用“唯识学”的话说，智慧如“瀑布”般灌入，无师而自通。这对于我辈凡夫是“不可思议”的事，但这确是事实，几乎每一个时代都有这样的人物出现。

现代杭州灵隐寺的慧明法师，也是目不识丁的煮饭僧，他开悟后，讲经说法是字字珠玑。而笔者亲身接触的，仍健在，亦有真人。

六祖之后，禅宗一花五叶，盛开在湖南、江西两省，一时人才鼎盛，悟道者众，而全国的禅和子络绎不绝到湖南、江西参学，马祖、石头、仰山、伪山、青原、百丈……都是名重一时的祖师，影响朝野，掀起“走江湖”的热潮，而今天，“江湖”两字，已演变为另外的含义了。这也是“相反相成”。

/

读书有感

/

古印度的《天尊经》有这么一个小故事。说从前有个国家，人民丰衣足食，什么都不缺，国王不满足，对大臣说:“选一个能干的使者，到外边买些国内没有的东西回来。”该使者走遍多国，找不到新鲜的东西，后来碰到一个老者，空手坐在市场上，问:“老先生，你卖什么?”老人说:“我卖智慧。”“值多少钱?”老者看了这位仁兄一眼，说:“五百元，你给我钱，我告诉你。”

老者收了钱，告诉使者二十个字:“凡事多思考，尽量不发怒，今日虽不用，会当有用时。”并说:“背熟它，无明火起时，背一次。”

这位使者是很暴躁的人，老者对其机，方说“戒怒”的话。

使者回到家中已是半夜，却见床前放着两双鞋，这位暴躁的使者无明火起三千丈，以为自己外出，老婆与人私通，正想发作，忽然想起老人的话，反复背诵时，帐里有人说话:“你回来了?”原来是妻子病了，老母照顾，与她同床。使者大呼:“太便宜了。”说的是他“买来”的智慧。

智慧其实是用钱买不到的。但虚心好学的人，可以通过自己及别人的实践领悟道理，而其前提是认识自己的缺陷与不足。

智慧永远是对机的，对于粗鲁的人，要他谨慎;对于谨小慎微的人，要他果断。粗者要其细，细者要其粗，没有一定对或一定不对，此谓一把钥匙开一把锁。许多朋友读坏书，就在于不明白，书中所讲全是对机的，如果教条主义，那就是“光信书不如不信书”，“买智慧”一文，是教人不要只看到物质，要看到精神，聪明才智看不到摸不到，但能创造物质财富，又能趋吉避凶。智慧再加勤力，就等于成功；创业，守业均如是；相反，则是失败，败家，连国家大事也如是。君不见，近年国际纠纷，大国失落，小国被打，都与审时度势的智慧把持有关？

山中七日，世上千年

“山中方七日，世上已千年。”神仙故事中有砍柴人上山，遇一老者，与之下棋，不分胜负，老者留他住了七日。临别，他拿起砍柴的斧头，发现斧柄已腐烂，没有在意，往返家路上走，发现景物有异，回到村中面目全非。房子没有了，老婆孩子也不见了，人也不认识了，他焦急问家人何去，竟无人认识，他自报姓名，也无人知晓。后来一位老者说，听老祖宗传下来说，数百年前有位老祖宗，上山打柴，一去不返，说当神仙了。

这一神仙故事，既浪漫也稍带悲怆，也暗藏着极深奥的“时空”哲理。这一故事的作者，无疑是有甚深禅定经验的人，体会到时、空不同，境界有巨大的差别。别的不说，失眠及胡思乱想，长夜漫漫；深深的熟睡，一闭眼一开眼就天光，在不同状态，时间长短不同。

砍柴人到了神仙境地，故此山中方七日，世上已千年。

一般人看完，笑笑就算了，但也真有个别人，全身心去寻求解答，走上不归路，要找神仙，要破时空，要寻求生命之源及真理，升官、发财，尚且不易，求道难得多。但古往今来，真有成功者，道家儒家叫“超凡入圣”，禅宗叫“悟道”。

世界上，真有世外高人，真有神仙境界，求道的人，历代都有成功者，否则怎么会延绵不绝，代有传人？当然借此来世间敛财，求名者更多。到处招摇的，多数是假货。

“着相”随笔

凡是端起架子的人，不管从政、从商、做学问、搞艺术……大多是半吊子。为什么这样说，因为第一反映“浅”，第二反映“着相”。

摆架子的人，认为自己很了不起，高人一等，当他以卑视之姿态看别人时，架子就出来了。他与周围的人在比，官比你大，钱比你多，比你聪明能干，比的范围可能是一群人、一个村、一个镇、一个城市，不一而足，但不管多大，都只是一个“范围”。

如果有历史观(时)，有宇宙观(空)，倘能站在时空的角度看自己，就会发现，这种想法很可笑。不管你拥有什么，其实都是普通人，当你意识到人与时空比是微不足道时，你的“架子”能不放下来吗?

第二种叫“着相”，当今社会太着重包装，人太着重“化妆”，结果长期浸淫，人变得很“着相”，也就是容易被外表所迷惑，久而久之，“崇尚虚伪，厌恶真实”。一个长期化妆的女性，会产生这样的心理变化，搞不清孰真孰假。《金刚经》有云“凡所有相，皆是虚妄。若见诸相非相，即见如来”。这话法意颇深，要深入才能证悟，但这里揭示的是“真相”也是虚妄，何况“假相”?

都市人都说压力大，都说忧郁，一个原因就是“着相”。当你把自己看作平凡人、普通人，把自己看低一点，烦恼就会少些。

“因”字三测

香港、台湾靠风水算命揾食（注：粤语，谋生）者不少，但唯有一类少，就是能“测字”的很少，为什么？因为一般术数容易不懂装懂，有点社会阅历有点眼光，使无知者信不难；但测字不同，讲触机、讲快捷，讲深厚的文化根底，尽管也有高低之别，但现代人少读书，故此行后继乏人。

乾隆年间，科举放榜前，三位同乡请京城一位名测字先生问前程。第一人写一“因”字，答：“国中一人，你必定为这一科的第一名。”

第二位，一听就雀跃，说我也用这“因”字来测。测字先生说：“你这一科落第，倘明年有恩科必中（恩科，是皇帝开恩多考一届）。因为第一位朋友用‘因’字是无心，你用‘因’字是有心，以因加心，即恩也。”

第三位朋友是一位很傲慢的人，用所执的折扇拍桌曰：“我亦以此‘因’字测。”测字先生眉头一皱：“你的扇子正好加在‘因’字正中，成个‘困’字之象，你在科举场上没有机会了。”后来这三位仁兄果如所测。

这个“因字三测”的故事，直契《易》学的变易精神。现在许多朋友不懂，以为这就好，那就坏，一个同样的“因”字，有完全不同的意思。

“坚忍”谈

“坚忍”是一个很奥妙的词，“坚”有锐、强、硬、挺的含意，为阳刚；而“忍”则有持之以恒、不计屈辱、潜藏理想、引而不发的含意，为阴柔。

坚与忍加在一起，“坚忍”就有刚柔相配，阴阳互济，这就形成一种强大的生命力。

中国人有许多劣根性，但中华民族的遗传中有一点“坚忍”的基因，可能正因为如此，才得以长久不衰。家乡的土楼这些年出名了，多年前，初次回乡时，乍见，是有震撼，这就是“坚忍”。既挨得，又打得，又忍得，否则是很难在恶劣的自然环境及强敌包围中生存。

英国人与日本人同样具有坚忍的性格，而这正是英国人与日本人能以小胜大，成为帝国的原因。美国人则坚有余而忍不足，有强大的攻克能力，但缺乏耐性及持久力。

伊拉克的失利、金融海啸、华尔街的崩盘，都反映了进取有余、坚挺有余，但持久力不足的毛病。以美国的军事及金融实力，以美元为全球结算货币的优势，美国世纪起码多五十年到一百年，但苏联解体仅二十年，美国就“自毁长城”，这与其过于“坚”而缺乏“忍”有直接关系，政府的决策往往是民族性的缩影。

两三年前家乡的宗祠落成，曾在土楼住了两晚，该楼有二百年历史。父亲曾带我去参观，祖父住过的房间，父亲自己出生的房间，历史在这里是浓缩的。二百年间，有超过十代人遗迹。到土楼参观的人，与在这里生长的人，有不同的感受。“源远流长”是一代代积累出来的，而自强不息的坚忍也是一代代积累出来的。

从纵面来说，数千年的文明能延续，近代饱受屈辱后，又重新振作；从横面来说，遍布全球的中国人经一二代的努力，大多能在任何地方立足，你能说与“坚忍”无关？

“欲速不达”谈

子夏，姓卜，名商，春秋时卫国人，是孔子的得意门生之一。子夏被任命为鲁国莒父县的县长，上任前，向他的老师请教怎样办好政事。孔子回答：“无欲速，无见小利。欲速，则不达；见小利，则大事不成。”

欲速则不达，不但达不到目的，反而更慢。

清朝人马时芳的《朴丽子》有一个故事，有人挑一担橘子进城。天快黑，他怕关城门，心急。恰好见一个行人，问：“我能赶得及进城吗?”那人瞧他慌慌张张的样子，说：“你要是慢慢走，可能赶得及。”挑橘子的人以为嘲笑他，“难道慢走可以进城，快走反倒进不了城吗?我偏偏要走快些”，小跑向前。一不小心，摔了一跤，一担橘子撒满一地。他急忙拾橘子，一个个去捡，这时天已全黑，城门早关上了。

事物有其发展规律，时候因缘未成熟，想快也快不了，时机成熟，想慢也慢不了。

“随机而动”、“顺势而行”，其实无所谓快与慢，而是该快时快，该慢时慢。一切是因缘和合。

正如“高调”、“低调”，常听人说“我很低调”，似乎低调就好，其实是该低调时应低调，该高调时就高调，错在不合时机，并非低调就好，高调就不好。

欲速不达，是指在条件未具备时，一味想快，结果适得其反。

当条件具备，就要全速前进，花开堪折直须折，莫待无花空折枝。有风驶尽艃。无风时就休息。

“不可思议”谈

事情若是不可思，正因为“无法想象”，所以“无法议论”。

当年肤浅，肤浅通常自以为是，不相信有什么东西是“不可思议”的，你“说不清楚而已”，心里这么想。

迷信解释，迷信“语言文字”，认识不到语言文字的局限性，如性高潮是什么？说不清楚，流行喻为触电，如果真有人把那话儿放在电插头去感受，结果如何？局限性，就是你的眼、耳、鼻、舌、身无法达到的境界；由于你无法达到，你就不可能认识，无法认识，就无法理解，无法认知，不可思，亦无法议。

鱼生活在水中，从出生到死亡，离开水就无法生存，海龟爬上岸，看到森林草地、野兽飞鸟，回到水里对鱼说所见，鱼是不会相信的，特别是深海的鱼，因为陆地对鱼是“不可思议”的。

九十六年前，两位前辈在五台山北台顶有过一番对话：“人之在心，犹鱼之在水；鱼之在水，果知水乎？人之在心，果知心乎？鱼能知水则龙矣，人能知心则圣矣，故百姓日用而不知。”

“日用而不知”，每天在用在做，而不知其所以然，一生过去。

对“不可思议”有一分了解及一分尊重，是一大进步，明白到自己的局限性，可以上路了。

辑二

无 忧 最 胜

认识痛苦，才能找到幸福

不要终日求享乐，也不必刻意求吃苦，

心之所适为荣，心之不悦为苦。

苦乐，存乎一心。心修好了，乐也乐，苦也乐，

“东南西北尽皆通”，“日日是好日”，“昼夜六时大吉祥”。

心似白云常自在

在山上走累了，躺在草地仰望星空，跳出前人两句诗“心似白云常自在，境如流水任西东”。讲的是修行的境界。

人生在世，有追求、有理想乃人之常情，但如果种种客观环境障碍，追求求不到、理想实现不了，怎么办？

比如我们上一辈人，年轻时正逢八年抗战，或者个人身体上有种种疾病、残障，或者家庭环境人际关系的恶劣，身负沉重的包袱及责任……总之，不是人人都境遇顺畅的，这是指外在。

外境会影响内在，因外境的恶劣生起烦恼、焦躁、痛苦、压抑、苦闷……种种内在的苦，如火般烤着精神及肉体，这人生之苦，多数人都能体会。这叫“求不得”苦。

但还有一种，生活、事业、健康都正常，表面一切为人所羡，但一样苦，这是内心煎熬的苦。苦什么，怕失去所拥有的健康，但身体注定要走下坡路的，美貌青春一定流失的，儿女长大了，一定远走高飞的，事业达到高峰一定会走下坡路的，一山还有一山高，一比较又有苦自己知。

仔细想想，人如果被外境牵着鼻子，不成功固然苦，成功也苦；没有固然苦，拥有也苦，丑苦，漂亮的也苦。这就说明苦的关键，不在外，而在内，在心中，故此，要离苦，要去烦恼，要在心中作文章。

这就是所有人类的大智慧者所教导的。讲易行难，修行的路要更大的决心、努力及智慧。

/

打开心胸

/

一家生命科学的研究机构，对国内一百位百岁而依然健康的老人作深入调研，发现这些人的生活习惯大不相同。有人不抽烟、不喝酒，但亦有抽烟喝酒的；有人饮食素淡，但亦有好吃肥肉的；有人坚持运动或劳动，但亦有不太活动的；有的很注重生活规律，有的是生活欠规律；有的一生安逸，但有的一生穷困……总之，这些长寿老人生活习惯各异，但有一条是共通的，就是这百位寿星公婆，全部是乐观豁达的，全部是没有机心的，全部是心胸坦荡、对人宽容的。

这一启示的重要在于它讲明了人的生命“体与用”的关系，体就是本体，而本体的最后是“心”，有容乃大，有容则长寿，有容则少疾病，有容则快乐。什么是“用”，用是表现形式，是外在的各种东西。

这一百位长寿老人，环境各异，生活喜好各异，但因为他们的本体都乐天知命，故此长寿兼快乐。真正的福报，并非有多少钱，有多大的风头，而在于其内心是否真正的快乐；而快乐又缘于心胸广阔而又豁达，这就是真正的福，要修回来的。

这些年，看到几位在社会眼光看来拥有很多的朋友，不开心地离世，如果有启示的话，就在于努力拓展外在空间时，也应拓展内在空间，打开自己的心胸。

做“力所能及”的事

有的人可能担二百斤，但大多数人做不到，经过锻炼，担八十斤、一百斤就不错。只能担一百斤的人，硬去担一百五十斤、二百斤，很辛苦，压力很大。这是体力。

为什么讲体力，因为这是人人眼见的，可以衡量的，很难作假的。

此外，有财力。财力比较私隐，商场有的人喜欢故弄玄虚，使别人高估他的财力，但不容易作假，稍有阅历就可看穿。

但与这些“实”的力相比，有“虚”的力，比如能力、魄力、领悟力、魅力、分析力、承受力……不一而足，就比较容易混淆视听。

如何分辨真伪？朋友问。无论实的虚的，凡是“作大”，多数是假的。标榜能医百病的药，多是假药；法轮功的李洪志告诉你，他比释迦牟尼还要高；台湾的卢胜彦告诉你，他是真佛，经常和十方三世一切诸佛开会。告诉你无所不能者，通常一无所能；开口上下五千年，治国平天下者，通常一件小事都办不妥。

能力与体力一样，担一百斤的人，去担二百斤，其实很辛苦。骗子除外，他们根本不想承担，只是骗取利益。但有一种人颇可惜，他是完全没有自知之明，本来是个普通能力的人，但总以为自己是旷世大才，去做力所不逮的事，而不愿做力所能及的事，结果既浪费自己的时间又浪费别人的时间，且自己承受着痛苦的压力。就如担一百斤的人，偏偏担二百斤，你说这是聪明还是愚蠢呢？真不知道。

“放手”的例子

“心灵导师克里希那穆提，在1929年毅然宣布解散其一手创办的东方星会，并把位于荷兰的五千英亩地皮和古堡退还捐出者。他郑重地告诫他的追随者：‘我是自由的，无条件束缚的……我希望认识我的人要和我一样的自由，不要只在形式上跟着我，不要把我造成一座庙宇，而创立一个宗教或宗派，再把自己关到里面去。’”

感谢岭南大学何泺生教授，引用如此精彩的一个典故，阅后有震撼力。

克氏是20世纪印度一位大修行人，他的著作读过一点，但未能明白。克氏的所为，表现他是真正的“心无挂碍”的悟道者。

我们世俗人，是辛辛苦苦去建立一个“王国”(有大有小)，千方百计保住这个王国，空间上，想尽办法扩大这个王国，时间上永不堕落，自己死了，也由子孙后代徒弟掌握。无限的牵挂，无限的投入，无限的追思，放不了手，表面上有钱、有地位、有自由，实际把自己困得死死的。

与“获得”、“执着”相反的是“放手”。所谓修行，就是学放手，但人很难相信放手会快乐，其本性要“取”不是“放”，正如掉进水中，放松浮起来，挣扎沉下去，但本性使其无法放松，最难是修正这与生俱来的本性。

现在这个教、那个教，如果只要是形式，自以为学佛、学基督，其实从一个笼跌入另一个笼，有时愈虔诚，愈错谬，因为执着愈坚固。这样的例子，古往今来太多了。

克氏把土地、房屋退还，把信徒解散，他的行动、他的话，值得我们再读及思考：“我希望认识我的人要和我一样的自由，不要只在形式上跟着我，不要把我造成一座庙宇，而创立一个宗教或宗派，再把自己关到里面去。”

痛苦变痛快

上周三老同学聚会，一连三天。

20世纪80年代，驻守新疆的同学来广州，路上用七天七夜的时间，而今天飞五六个小时就到埠。原来说“西出阳关无故人”，而今到轮台、库车、伊犁、喀什，也方便得很。都是中国巨变的见证人、参与者，自有一番感触及豪气。

快乐有两门，一正一反；一曰乐中作乐，一曰苦中作乐。乐中作乐，易理解，吃好的、穿好的、住好的、玩好的。但苦中如何作乐？

外在的条件艰苦，反而刺激内在潜力，激起昂扬的奋发精神，其快乐超越物质的快乐。

文字解释，不如你看跑马拉松、登珠峰、寒冬游泳，包括在烈日下打高尔夫，不是都有一些“苦中作乐”的成分吗？

在五台山、终南山里的修行人，过着艰苦的生活，精神升华，快活得很，一个热、一个冷，都促进全身血液循环。

你看儿童游乐场，迪士尼乐园，几乎清一色都是遵循“苦中作乐”的原则，刺激、惊吓，就是迫出你自身的内在“精气神”，而在舒舒服服的环境中，人的精气神很难提得起来的。

泡热水，你会厌倦，会昏昏欲睡；但跳入冻水，你一定拼命游，很快暖流遍布全身。这种发自内在的热力，是外力无法给予的。

一个民族也是这样，中华民族到清中叶早已昏昏入睡，“老懵懂”了。经历鸦片战争、甲午战争、日本侵华、割地赔款等种种屈辱，中国人才打破残梦，才重新焕发青春，才迫出内在的“精气神”。从这一角度看，西方列强是中国“好老师”。

痛，是客观存在的。但痛苦与痛快，是两种完全相反的感受。学转化功夫，受用。

多愁为养生第一病

有姓张的古人，年代及故里不可考，他留下几句话，有道理，有下面三句：“多事为读书第一病。多愁为养生第一病。多智为立心第一病。”

做学问，搞科研，搞研究，专心致志，心无旁骛，也未必能成功；倘多事，又想炒股票，又想做官，一定不成功。

一位名医，晚上夜总会泡到半夜，饮到大醉，第二天九时动大手术，心中打个问号；另一位，一早休息，认真对待，你信谁？“耐得寂寞”是做学问成功要素。

第二句：“多愁是养生第一病。”北京卫生局调查一百名百岁老人，发现有吸烟者，有饮酒者，有吃肥肉者，生活习惯各有不同，但有一样这百名老人都是相同的：乐观、心胸开朗；忧虑及烦恼，很快抛开。

这从反面说明“多愁是养生第一病”。

第三句：立心，是决心专注完成一件事。多智者，通常是见异思迁，主意太多，而立心不定，结果是东不成西不就。民间有云，周瑜输给诸葛亮，只因为周瑜聪明，一步三个计，计太多，结果输。三十六计，只要你真的懂一计，已经可以行走江湖了。

三十六计，以为自己样样懂样样识，结果成为心魔。太会“走精面（注：粤语，走捷径）”者，成不了事。大事业要的是立心坚定的人。因为“排除万难去争取胜利”，不在于多智，而在于坚定及忍耐，而多智者往往缺乏这两种素质。

苦与乐的层次

人人想快乐，人人怕吃苦，这是一个层次；苦与乐，在不同的人心中，有不同的标准，这是第二个层次。

打麻将，喜欢者为乐，不喜欢者为苦；饮酒，好酒的人以为是乐，不好者，以为是苦；好热闹者，人多为乐；好静者，独处为乐；有人以“擦鞋（注：粤语，拍马屁）”为乐，有人以不用擦鞋为乐……

还有，多数人以为苦的事，少数人以为乐；挨饥抵饿危险，多数人会避，探险家、登山家，以此为乐；冬天冷，喜欢冬泳者，以跳入冷水为乐；多数人以异性相吸，也有人以同性为乐……

苦乐的第三个层次，还未搞明白，也讲不清，不去讲它。

如果你只有第一层次，通常以为自己认为是快乐的，别人就一定以为乐，以为自己憎恶的别人一定憎恶。没有“包容”，一定碰壁。所谓“执着”，表现之一就是固执己见、强加于人，我们的父母经常口头禅是“我为你好”，殊不知这个“好”，有不同标准，十五岁时的标准与五十岁的标准，截然不同。

到第二个层次，明白这个世界本来如此，自然包容性就大、自由度就大，就会易地而处，进而比较圆融。

不要终日求享乐，也不必刻意求吃苦，心之所适为荣，心之不悦为苦。有钱买部车，很乐，天天抹，但和别人一比，不如人，就苦了。

车没有变，你的心态变。苦乐，存乎一心。心修好了，乐也乐，苦也乐，“东南西北尽皆通”，“日日是好日”，“昼夜六时大吉祥”。

朋友问，为什么“善易者不卜”。通《易经》的人，他的心态已不会痴痴去求好坏盛衰，初步明白世事的循环，也有了初步的转化本事，自然少去卜了。

“无相为宗”

禅宗以“无相为宗”，我辈凡夫“以相为宗”。我的名牌手袋价值万元，你那便宜手袋价值百元，我把你比下去，于是从皮鞋到衣服到汽车，从房屋到美丑到职位高低，到名画，总而言之，概而括之，整个社会及眼光，是以分别比较为基础，而这分别比较是以“相”为基础，而愈是专家愈是成功人士，眼光愈锐利则分别心愈强，愈容易“着相”。

“无相为宗”恰恰相反，它安身立命之基点是“不着相”，《金刚经》有一句很著名的话：“凡所有相，皆是虚妄。若见诸相非相，即见如来。”为什么不着相？为的是透过现象看到本质，为的是看到世界上万事万物后面的不变的东西。

世间的差别是客观存在的，上述提及的种种相的差别，真实不虚，明白但不执着，因为一执着就把你绑住了。举例，有名牌手袋，你可以用，但没有名牌手袋也无所谓；住大屋可以，住小屋也无妨……以此类推，但这要慢慢体会及磨炼。但人在一个环境久了，就很容易被环境所限，有钱人着有钱相，穷人着穷相，都是相。禅宗讲求“不着相”是不经意的。换言之，不是“扮嘢”，而是流于自然的，现在许多礼仪谈吐教你扮嘢，以适应生存的需要，太着相的人就看到了形式而忽略了本体。“无相为宗”，无相之后又如何？笔者未到，无法言之。

无寿者相与拜寿

今天到广州，住一夜，明天飞北京，逗留两晚再到湖南长沙，吴立民老师八十大寿，前往晋见。《金刚经》云："无我相，无人相，无众生相，无寿者相。"所谓"寿者相"，世俗说法泛指对时间、年龄、生老、生辰死忌的执着。《金刚经》以为人要自在，有必要破掉这方面的执着，因为这是人生"无明"的根由。

真正洒脱，何来什么生日不生日？时间、年、月、日、分、秒，无非是人制作出来的度量衡单位，但反过来又成为制约人们的枷锁。君不见有多少不成文的限制，多少岁要做什么，不然又如何。

时间与金钱一样，本来是供人使用，反过来成为人的主人，人变成它的奴隶。"无寿者相"，就教你不要做时间的奴隶，而要做主人。

无者，放下也。心里放下了，有也无所谓，无也无所谓。心里放不下，表面上无，实际上还是有。得道的高僧，见一个女人过不了河，背起她就走，心里放下，有何戒不戒；有人不沾钱，以示清高，本质是把钱看得太大，看得太严重；倘心里放下，百亿不多，一元不少。

吴老八十大寿，儿孙为他做寿，他是随顺的，也很高兴，此为做寿，但无寿者相之演示。

佛法禅宗，是最生动活泼的东西，可惜一变成"教"，许多人自觉不自觉把它规范了、僵化了，就如把活水变成死水，不但失去生机，而且死水易腐，这是可叹的。

天若有情天亦老

许多人以为“天若有情天亦老”是毛泽东的诗句，其实非也；原作是唐代诗人李贺。他的《金铜仙人辞汉歌》有句云“衰兰送客咸阳道，天若有情天亦老”。但因为毛泽东的“天若有情天亦老，人间正道是沧桑”广为流传，许多人以为是毛泽东的原创。

这句诗是有哲学意味的。天地无情，无喜怒哀乐，故天地不老；如果天也像人般有情，天也会荒，地也会老。我们这个世界称之为“欲界”，欲界的生物，以食欲维持生命，以性欲繁衍后代，故“食色，性也”，这两样东西构成了欲界的两大支柱。

如果食与色是动物的本能的话，人与动物相比，还多了一样东西，就是要被周围、被社会所认可。换言之，人除了食色外，还多了一项“被承认”的要求。女人要漂亮，男人要威风，一切化妆品、名牌、汽车、手表……这是物质；一切面子、尊重、捧场、言不由衷……这是精神，并由此衍生争权夺利、分帮结派、斗争、战争。

动物争的是食物与交配，人还要争拥有，故此人的世界更为复杂。人太多忧虑，太多内在精神的冲击，故人会失眠、会空虚、会失落、会焦虑，现在讲的忧郁症，会导致自杀。这些都是自讨苦吃，自作自受，是自以为聪明的人的自我惩罚。

天若有情天亦老，唐代诗人李贺这句话，对一些太执于“情”而走入歧途者，不无启发。

/

两极中的平衡

/

云居山真如禅寺，清静之地，方圆数里无人烟，青山绿水，云雾缭绕中的古刹，只有晨钟暮鼓，打破寂静，避世的僧人在这里参悟禅机。

赌城拉斯维加斯，耀眼的霓虹灯使人目眩，声色犬马的刺激，滚滚的钱流，使人血液沸腾，人们沉浸在感官的兴奋中，尽情地逸乐。

这两个地方，笔者每年都到。有读者好奇问为什么？问得好。

这是两极，一为静，一为动；一是内敛，一是外求；一是向内追求宁静致远，一是向外借刺激而忘情；一是冷眼向洋看世界，一是热风吹雨洒江天。

人想认识世界，要游走两极，在两极中走得越远才易寻到平衡点。佛陀贵为王子，享尽人间逸乐，但他又成苦行僧，受别人难忍之苦，才找到“中道”之妙。禅在青山绿水中，也在金发美女阵之中，投入但清醒，阳春白雪与下里巴人，本是一曲。

并非一就是一，二就是二，非正则邪，非善则恶，非好则坏，这个世界其实不是这样的，邪中有正，正中有邪，好中有坏，坏中有好，入世中有出世，出世中有入世，虚中有实，实中有虚，一切对立的东西都有其统一性。不讲一，不讲二，讲不二，“不二法门”，从中去探求平衡点，中和点。

笔者邯郸学步，说不到修养及悟性，只不过有兴趣探索，有读者问，一时兴起写了上述文字，自话自说。

既进取又平淡

俗话说“身在福中不知福”，人永远是这样的，古人孙奇遇一言道破这种心态。他说：“无病之身不知其乐也，病生始知无病之乐矣；无事之家不知其福也，事至始知无事之福矣。”

健康时不知健康就是福，要生病才知健康是福，这样的经验每个人都有过；平时手脚无损无烂，也不觉得那是特别重要，到了某一部位有所伤痛，才发现其重要性及不可或缺；无事，会觉得很闷，不刺激，真有大难临头，才知道什么叫“平安是福”。

为什么“身在福中不知福”呢？因为人往高处走，人性是永远不满足现状，不珍惜现有已在的东西，而希望没有的东西。这种心态愈是炽烈的人，渴求愈大。敢于付诸实行的叫野心，只在脑中想而不敢实行的，叫幻想。但无论如何，这是一种自我煎熬，特别是野心和幻想转化为强烈的虚荣心时，这类人不论贫富，有无成就，内心很难得平静，也难得安乐的。

俗话说“知足常乐”，不无道理，但又嫌过于平庸，无进取心。

不要把进取与平淡，看成是对立的，大可以结合起来，这就是“谋事在人，成事在天”，这就是“尽人事而安天命”，这就是“只问耕耘，不问收获”，这就是“既争取一切，又不执于一切”。

以苦病为良药

在外地病了，沾寒沾冻，周身骨痛，两天没有离开住处，正在自叹倒霉之际，忽然唐代一位禅师的话在脑海里跳出来，大意是“身不求无病，身无病骄奢必起，是故行者以苦病为良药”。

这位禅师提出“十无碍”，实际上是转化功夫，把人人以为不好的东西转化为好的；比如说“以苦病为良药”，本来笔者不想写稿了，但想起这位禅师的话，就精神了，提笔行文一挥而就。人一生不可没有苦病，如何对待苦病，如何在转化中下功夫，心境及状态大不相同。

除了“以苦病为良药”外，还有一句叫“以患难为逍遥”，对于很困难的处境，能逍遥地应付而非紧张到像热锅上的蚂蚁。当然不容易做到，但所谓功夫，就在逆境转化中表现。

世间法是递加的，名、利、权愈多愈好，愈多就愈成功；出世间法是递减的，把各种的执着去掉，减到最后，就照天照地。因为减到最后就“真空生妙有”，从一无所有到无所不有。

道家讲“顺为凡，逆为仙”，顺着去的是凡夫，反其道而行之的是仙人。故此上师活佛，谁有料谁无料，孰真孰伪，你用上述标准去衡量一目了然。

不是吗？病了两天，大师的话就记起了，这就是加持。

"时机"随笔

时机重不重要？很重要。别说发财、做官，就是当皇帝、得天下，也是时机所致。黑人总统奥巴马不是因为"九·一一"，不是小布什出师不利，不是对手老弱无能，也当不上美国总统。但当上美国总统是凶是吉，现在仍为未知数。

所谓天机者，就是猜不到的。多数人在重大事件上的看法多是错的。天机是出乎意料的，意想不到的。

只有极少数高瞻远瞩、参悟历史玄机者，才可看到大致的方向。

其实就看中国大陆这三十年的发展，从深圳特区开始，20世纪80年代，有几人相信能成功？人民币有几人会要的？看通了，发财还不容易？20世纪80年代上海，一幢洋房才十万八万元，北京一个四合院也很便宜，翻了多少倍？

学《易经》的人，绝对不会称自己是"易经大师"，因为这是穷尽一辈子也学不完的，自称大师，本身是对易学的不尊重。正如经常接到电话，推销者教你投资金融赚钱。凡是自称"精通易经"者，正如告诉你"包赚钱"者，是同一类，信不信由你。

"圣人不能违时，时至亦不可失也"。连圣人都不可创造时机，诸葛孔明一代军师才高八斗，时势不合，也无法扭转命运，只能"出师未捷身先死，长使英雄泪满襟"，何况我辈？

顺其自然。妄求福报神鬼，只说明你自己心不安神不宁，做事就无主，福报就溜走。顺其自然，都是好的。就如水，从青藏高原下来，有时急流，有时瀑布，有时顺，有时逆，有支流，有回流，有平静，有混浊，最后归大海，每一阶段都有其美感，都好。

时空感言

什么叫时间?

新年来临之际倒数，人们在那一秒欢呼道贺，兴奋莫名。窗外烟花灿烂，笔者自己问自己这一“无厘头”的问题。

真的有时间吗?宇宙洪荒，无始无终，本来如此，何来时间?我们讲的时间，其实是人创造的度量单位，秒、分、时、日、月、年。这一天叫元旦，是因为2008年前，有一位伟人出生，大家把它定为公元元年，全世界不同的人要互相交流，要一个共同的标准，都认可，于是流行了，公认了。但不要真的以为真有一个2008，人类在地球上生活数以十万年了，两千年，短得很。在没有时钟之前，在没有分、秒、年之前，一切也在混转。

生老病死，花开花落，白天黑夜，春夏秋冬……自然地流逝，自然地往复循环，何来秒、分、时、日、月、年?

时间无始无终，空间无边无际，人类对时空切割及度量，以求明确一个坐标。这无可厚非，或许是进步及文明的表现，但也不可真的信以为真，以为真有一个简单定义的“时”与“空”，执着有一个“时空”，又变为古往今来人们痛苦的根源。时空超越个体，超越生命，超越地球。明乎此，就知道秒、分、时、日、月、年，是假设;空间的东、南、西、北、前、后、左、右、上、下，也是假设。可以用，但不可执以为真。

新年的烟花，既真又假，划破夜空的灿烂，是真；过后了无痕，为假。缘起而性空。《金刚经》四句偈云：“一切有为法，如梦幻泡影，如露亦如电，应作如是观。”梦、幻、泡、影、露、电，六种日常所见所觉，都是稍纵即逝，亦真亦假，亦如新年的烟花与倒数的兴奋。

龙含海珠，游鱼不顾

曾用过这禅宗祖师的话作标题，再用一次。做事要成功，一定要专注，要心无旁骛。龙嘴里含的是宝珠，在大海遨游，向既定方向前进，只能“游鱼不顾”了。否则就是掉了西瓜，拾了芝麻。

当年祖师写这句话时，是很有感慨的。因为这是修行中的体验，愈到高的层次，干扰愈多，魔也愈多，不要把魔只看作恐怖吓人的，魔也有欢喜魔。在山里遇过修行的人，他对笔者说，整整三个月，境界中现美女如云，包围着他。

所谓“道高一尺，魔高一丈”，所以要破执着，在入定的境界中，不管好的坏的，美的丑的一概不理、不问、不答，由他去。须知，妖魔鬼怪，通常都是化为真善美的形象出现的。你看《西游记》就知道了，有的说是观音，有的说是济公……总之，一生欢喜心，一自以为得意，就陷进去。释迦牟尼，在成功之际大魔全现，地动山摇，在克服了大魔之后，才成功得道。禅宗祖师讲“龙含海珠，游鱼不顾”，是过来人的话。

“走火入魔”是修行高层次的事，往往在初、中层次都很好很正常的。因为真的魔，是对有料的人才动心的、现身的，即使现实社会也一样，想张子强（香港悍匪）绑架你，你起码有一百几十亿身家。至于时下法轮功或其他的，有人出事，那不叫走火入魔，是“精神病”

及“愚痴病”。

对外界任何干扰，骂也好，赞也好，都要当无到（不存在）；不受干扰，做好自己的事，“龙含海珠，游鱼不顾”。

这本是东方文化的内涵，也是中国走向富强时，必会遇到的修炼过程。

“无明”议

夏虫不可语冰，这是从时间上说；井底之蛙，这是从空间上说。时空的局限，决定认知能力。祖师特别讲“无始无明”，即与生俱来的无明，就是警诫那些自以为聪明、无所不晓的人。正如深海鱼儿无法明了陆地、森林、走兽一样。无始无明不破，依然是凡夫。

与人谈鬼神，就如与鱼讲陆地，所以孔夫子“敬鬼神而远之”，不谈“怪力乱神”，好好做人就好了，不去讲、去想、去做能力以外的东西。时间未到，夏天的虫子怎可知冰？空间局限，井底之蛙怎么知大海？

俗语说“无明火起三千丈”。这个无明为我们心境的大障碍，被外境牵着意识走，胡思乱想，心猿意马，白天如是，睡着了还做梦，一天二十四小时难得清静。

先要看到内在的“无明”，正视其存在为烦恼的根源，才谈破解。现代城市人讲烦、讲忧郁，讲苦闷……正是“无明”的表现。无钱时以为有钱就快乐，有了钱一样烦。小市民烦，大人物也烦。挤巴士烦，有飞机更烦。不是吗？朋友不少，真正的开心快活人，少之又少。即使一切顺遂，但年纪老去，老病死，谁能逃脱？烦恼跟你一世，无明追随一生。

看到及承认无明，才有对治无明之说。有人根本否认。鱼被水包围，但鱼是不知水的。人被无明包围，但不知无明，城市人只用“不开心”自我解嘲。

不但要认识无明，还要认识无始无明，从十月怀胎、一朝落地开始，我们就活在其中，否则怎会一落地就哭呢，做人就是辛苦的开始。

庙太多、法太少

小时候看《西游记》，不明白，以孙悟空的本事，一个跟斗十万八千里，直接去西天取经多好。何必唐僧师徒千辛万苦，又过流沙河，又过火焰山，还要遇到这么多妖魔鬼怪，步步惊心，分分要命，更不提烦恼焦急了。

经历的事多了，才明白唐僧师徒不经过九九八十一难，不一步一步走毕全程，是不可能取得真经的，即使把真经交到你手上，你不会受用，甚至不会珍惜。

因为世界上的财富，有实有虚，实的可以传承，比如金钱、房屋等。权力半虚半实，也可传承，比如继承皇位(但能否巩固则靠自己本事)。

但虚的东西，属心法，看不见摸不着，怎么传承？人世间的文学家、艺术家、思想家、军事家都是特定时代的产物，都是自己生命轨迹，外界碰撞爆出火花的特殊人物，怎么传承？“心心相印”者传承。

佛家属内典，心法中的心法，启智慧、了生死，而且涉猎的是“出三界”的事。如果是世间的虚的范畴，尚且要“心心相印”，出世间的修行更加要“心心相印”。

如果没有唐三藏经历千辛万苦去求一经的渴求精神及坚定实践，你以为会成功吗？世间求点小财、一点权力，尚且要全力以赴、几经磨难，甚至流血牺牲，何况旷世大法？达摩祖师曾言“以小德小智，轻心慢心，欲冀真乘，徒劳勤苦”。“供养”与“索求”，是完全不同的概念。供养是无条件的，出于利他；索求是有条件的，出于利己。到黄大仙上头炷香者，有几人如愿？原因何在，自己参。

但现在的骗子，则利用“心心相印”，要信徒供养财物，假密宗满天飞，台港急功近利者多，故呃神骗鬼（注：粤语，招摇撞骗）者特别活跃。

何谓真何谓假？深义不必谈。但有一条，真正修行人，绝不会向你明讲或暗示金钱。

有人讲修庙，笔者曾不客气地说：“你是修行人，非地产商！”唐三藏历尽千辛万苦去取经，现时有人剃光头千方百计敛财。庙太多、法太少，不是吗？

“欲界定”

多数人误会“打坐”就是修行，以为天天打坐就有功夫。打坐是入定的途径之一，等于去九龙可以坐船、坐车、坐港铁。船、车、港铁都是途径之一。这是第一点。

二，“定”有不同的内涵。有欲界定，比如我们许多科学家、军事家、政治家、艺术家，凡有成就的，其实都有“入定”的功夫，虽然表达的形式及词汇有别，定能生慧。

三，欲界，除了地球之外，天上地下的仙、神、魔，都是欲界中众生，所以凡是有“成就”的各式人，其实都有“定力”。当大贼的、当魔头的、大奸大恶的、阴谋诡计的，没有定力一定不成器。欲界定的一个标准，就是能集中意志、全神贯注。这是任何事业学问能进入及掌握的前提。差别就在于有的人能很快就把注意力集中，而且集中后看清了本质，就又放松，可能就在数秒之内。

“应无所住，而生其心”，讲的就是不执着于任何一点，但随时可调动的心智。禅宗就是训练这种本事。像镜子，照天照地就过后不留。而我辈凡夫通常是重重叠叠，结果模糊不清。

四，欲界，地球以男女、雌雄相交，为欲。但天上，只是拖手或相视一笑就满足，故欲界定进一步入初禅，继而进入二、三、四禅，这些都是天人的境界。但依然是欲界。到第二禅，快乐无比，人间的名利财色，不放在眼内，就不愿出来。但仍要舍弃，故有“菩萨怕二禅”。

五，世间有世间的乐，出世间有出世间乐。世间叫世乐，出世间叫法乐。但法乐未必易得。世乐失去，法乐未得，多数倒退。人在内地，酒后成此文，偶一为之。

“开心”解

本文为结束篇，与读者朋友告别。长期读者，多年神交，未必要见面，实已相识。

快乐，粤语为“开心”，人所追求。但不少人难得快乐，穷困不快乐，到富裕了也不快乐，因为烦事太多，劳心劳力，少有开心。

快乐有没有法门？有。很难，也很易。尽量使自己的心胸开阔，这就是修行，这就是“量大福自大”。何解？心量愈大，烦恼愈少；反之，心量愈小，烦恼愈多。你看周围，凡是眉头紧皱、谷气（注：粤语，憋气，生气）、整天在抱怨、经常说“小人多”，就是心量小者。心量小，一触就跳，一句话就耿耿于怀，怎能开心？穷时苦，富了也苦，一辈子苦，何苦来哉？

“开心”这个词就教你，把心打开，只有开，才能大。只有大，才会开。

如何才能扩大心量？有一个法门，曰“虚空观”。你仰望太空，尽你的能力想，时间无始无终，空间无边无际，地球只是太阳系中小星球，太阳系只是银河系中一点。尽能力去“观想”，你做这样的观想，再回看自身，我只是地球一小点，把自己放在时空及历史长河中，再看你的所谓烦恼，变成鸡毛蒜皮的事了。你值得为之生气，值得为之浪费青春吗？当你把个人看得很大时，心量就窄，当你把个人缩小时，心量就宽。

十多年前返港，飞机在上空时，看中环、看屋邨，像小积木；车、人像小蚂蚁；从高处俯视，所谓豪宅、名车、名牌、钻戒、名气、争斗等，平时很大，搞到心中不安的念头，顿时失去意义。这也是观想。

我们人一生下来，就有念头，念头不断、烦恼不断，有的人去学打坐，其实是很难克服杂念的。顺势而为，我们提倡《金刚经》讲的“极善作意”，比如作“虚空观”、“缘起观”，通过观想，把杂念导入正轨，这样就会打开心扉，开心，即开阔心胸也。心胸开宽，烦恼自然就少了。

心身健康。此为“开心”解。

烧香多，智慧少

多识活佛是藏传佛教受尊敬的学者及修行人，他写道：

“佛门中真正具备传法资格的人，不会出山出寺，进行卖法活动；不会走街串巷，扮演卖膏药、耍猴戏的角色。当前那些热衷传法灌顶、走街串巷的人，大多数并不具备传法灌顶资格，其中有很多是打着佛家旗号，进行诈骗活动的江湖骗子。莲花生大师曾预言，坏戒败类当法师，街头聚众传密法，预示佛法将灭亡。这种打着佛教旗号，传播邪法、伪法的破坏佛教行为，使佛教遭受的损失，远远超过那些公开的灭法活动。”

“穷算命，富烧香”，人穷的时候算命，问何时转运；有钱就烧香，求上天保佑福禄子寿。中国经济起飞，到处都在建庙宇。

十年前，一诚大师重修马祖道场宝峰寺时，笔者已对他老人家说：“只管修庙，没有人才，迷信多了，未必好事。”这几年开始有人把庙宇作为收入的来源、作为投资，工厂还要买材料请工人，庙宇开了，香火旺了，善男信女的钱如潮水，这些供佛的善缘，搞不好落入私人腰包。

这些年求神拜佛的人多了，真正信仰学习的人少了；香火旺了，智慧少了，老百姓如是，出家人也如是。正是踏入危险的阶段，特别引述多识的话，给有兴趣者参考。

“挨”的乐趣

记得几年前登泰山，在山脚看那一级级的石梯，似无尽头；看那隐在云雾中的山顶，遥不可及；心里起了一个畏惧念头：“那么辛苦干什么，不如乘缆车上去。”但又一转念，世间的事，只有真正的付出，才能体会其真味，古往今来，泰山就在那里，前人何曾有缆车可坐，不都是一步一个脚印地攀上去的，只有自己亲自走过，才不枉到泰山一场。

思想斗争之际，见一位老太太笑呵呵地往上走，一闪念，就对一班人笑说：“走上去。”最后登上泰山顶，沿途的汗水与风光融为一体，付出之后的感受，与轻易获得及坐享其成，有天渊之别。

人有时确实要挨的，一闪念之间，是放弃还是挺过去，就决定了成败。你认为无法做到的事，意志上先垮了，必败无疑。你以为是做不到的事，咬紧牙关挺下去，过后才发现，原来不是想象中的难。

在登山的过程中，中间一段确实辛苦，但已没有缆车可坐，此时当了过河卒子，没有退路，只得勇往直前，挨过最艰难的一段，心胸就会豁然开朗，尽管肉体上还是辛苦，但因精神上战胜了自己的怯懦及畏难，一种昂扬的斗志，为你注入生机与生命力，精神畅快而消除疲劳，会愈走愈快，身体也愈来愈轻。

当你登上山巅，会当凌绝顶，一览众山小，你会发现“挨”的乐趣。

远望窗外，华灯初上，骤雨袭来，见地上打湿的白信封，内有一叠登泰山时的相片，成此文。

辑三

财 富 修 行

善处乐苦，福报自来

利欲心太重，难得静下来；急功近利太切，难得坚持下去。

就如大年初一，争插头炷香，争先恐后，

表面敬神，其实为己，而且潜意识把神明看成是“无智慧”的凡夫，

这怎么能得神明护佑？

量入为出、持盈保泰

中国传统的理财观念，就是两句话、八个字，一句叫“量入为出”，一句叫“持盈保泰”。前者是消费原则，后者是经营原则。正因为有这样的传统，中国成为全球外汇储备最多的国家。

美国流行的理财观念，是“先使未来钱”，银行信用卡愈来愈多，进而“使别人的钱”，国家、企业及私人借债愈来愈多。正因为有这样的流行理财观念，美国成为全球借债最多的国家。

中国传统的理财观念，近三十年来在香港是被认为保守、落后、不思进取的，只有在股市地产大跌，像近期席卷全球的金融海啸，把人们打趴下，痛定思痛之余，才有人体会其深刻的含义。其实保守与进取非“绝对”，而在于时间、地点、人物与环境的不同。该进取时进取，该保守时保守。这话说了等于没有说，但进退得宜，这个“度”，大至政治、军事、财经，小至个人进退，穷一生都要学习及参悟。

不量入为出，就像能挑百斤的人去挑二百斤，迟早被压垮。今日不正是被压崩了吗？持盈保泰，这个“泰”字，可圈可点，这是超越利益盈余，为内在的舒畅、安乐。在中国哲学中，心态的安详、舒适，比外在物质要重要。经济上没有压力，“门前无债主”，晚上睡觉坦然，不为外在蝇头小利牵到心惊肉跳，搞到成日不安乐，这就是“泰”。何谓“福”？没有这个“泰”，有百千亿，谈不上有福。

积财可以避患，患亦生于多财

宋朝有宰相名张商英，号无尽居士。他早悟禅学，常游五台，留下诗句，在山中看到他两句话，曰“积财可以避患，患亦生于多财”。

“积财可以避患”，这不用解释了；“患亦生于多财”，则可供参考警惕。钱亦会生患。被人绑架甚至撕票，大患矣；为金钱骨肉相残，反目成仇，大患矣；因钱失去自由，大患矣；因钱而营营役役、神经衰弱、失眠、疑神疑鬼、成天猜忌别人，大患矣。

任何事情有其利必有其弊，只知其利不知其弊者，必被其弊所害，金钱也不例外，金钱之弊是什么？

一曰易生“骄与娇”二气，骄是骄傲，娇是娇气。骄傲招怨，骄傲易败；娇气，竞争力消退。

二曰奢，有钱易奢，奢侈。八旗子弟原为劲旅，后不堪一击。骄娇二气加奢侈原因也。

三，招忌，成众矢之的。此为外部。

四，利益争夺成纠纷的根源。此为内部。穷家子，兄弟团结揾钱（注：粤语，赚钱）；富家子，为财产而分崩离析，这少见吗？

明白“患亦生于多财”是一大进步，“防患于未然”是更大进步。有钱人家，如果能针对金钱之患而教育后辈，就是“积善之家必有余庆”。

“贵贱贫富”谈

“贱”与财富无关，也与地位无关。如果以为贫穷，以为职位低微，就是“贱”，错了。粤语骂人“贱格”，有的人有钱有势有地位，但不脱“贱格”本色，有的人身无分文，但仍是傲骨贵格。

贱与贵，是论人格的范畴，与财富、地位、学问、才智都无关系。奴颜婢膝，见上拜，见下踩，以势压人，势利为贱格的一个特征。

故每见达官贵人，见到上级及或想依附者，那种诚惶诚恐的媚态，使人忍俊不禁问一句：“何必？”

贫与穷，也有不同的含义。贫是指生活物质钱财缺乏，并非没有；穷，则是进入绝境，走到尽头，如途穷、计穷。如果贫穷两字连用，就是不单生活困苦，而且陷入绝境。

富，本是指有盈余，但今时今日，亦有欠债但住高楼开靓车的，“外强中干”的，资不抵债，但照样风花雪月。使人家的钱，或使未来的钱，故有不盈余、欠债，但仍然富，这是当代特别是20世纪的新产物，不但个人，甚至国家也如此，如美国。

也有的人家财万贯，但本性“孤寒”，视钱如命，这叫“富贵贫民”，他们的职责是为社会保管财富，等于银行揸（注：粤语，掌管）锁匙的人，同时还忍受稍有钱财损失就心如刀割之痛，并彻夜失眠之苦，此叫自讨苦吃。也是一种报应。

“宁贫勿贱”，是古训。“宁贱勿贫”，则今日流行。用现代话演绎就是“笑贫不笑娼”，娼与贱并论不当，娼自食其力，比“贱”要高。笔者主张“宁贫莫贱”。

富之反

任何事物有正反两面。唐代有一本书叫《反经》，作者姓赵，四川人。这本书是从反面读历史教训，曾是禁书。其中有一章，说富贵、美貌、勇敢、聪明这些人人追求“好”的东西的反面，发人深省。

中国有句话叫“为富不仁”，是富人大忌。仁者两个人，教你“推己及人”，教你“己所不欲勿施于人”，如果你有钱，但嚣张，对周围的人刻薄、盘剥、歧视，那是很危险的事。

富，因富而丧命，这个钱就成了夺命钱。这几十年，香港有多个例子。至于因钱财而夫妻反目、骨肉相残、兄弟诉讼、朋友失义，更比比皆是。财富的追逐，泯灭了人性好的方面，而把恶劣的方面大大发挥，这不是“富”的反面吗？

《反经》在谈“富”结束时，引用一位修道而成仙的叫梅福的话，他说：“帮助别人即帮助自己，阻碍别人的路，最后阻碍自己的路。”梅福是在宁波四明山得道的。

还有一段话，说“富能富人者，欲贫不可得；贵能贵人者，欲贱不可得；达能达人者，欲穷不可得”。这就是反其道而行之。“你如果是富人，你能使别人也富，你想贫都不可能……”

看最近逝去富婆遗产案，最先的财产掌控人、正值壮年的男主人死于非命；然后老父与媳妇对簿公堂十年，搞到心力交瘁，官司完了，人也死了；继而官司又起，且涉及生前个人的私隐曝光及张扬，真假莫辨，落人笑柄。

人命、官司、丑闻、反目、阴谋，还有许多周围虎视眈眈、想分一杯羹者，为了这笔钱，吃不安乐，睡不安稳，忧心忡忡，你说是祸还是福？

成功者的性格

看朋友做生意，赚钱开心，输钱痛心，遇到麻烦惊心，大小事务烦心，虽然钱是赚到一些，但真的没有一餐安乐茶饭。有次一起吃饭，他忽而眼定定地出神，原来一条船被海关扣了，船上有化工用品漏出，每天罚款一万五千美金，已经扣了二十天，未解决，烦心啊，真的食之无味，睡不安乐。

这些年笔者避谈生意，在办公室看看书，和朋友吹吹牛，到各地去寻师访友，就是怕烦，北京的旧同学叙会，做官揸权当时得令者，笑笔者“不用关系，过期作废”。只能回答，“各有所好”。

朋友中有很想出来自己创业的，创业并非不好，但有一条，你不能是一个“紧张大师”，否则，即使成功了，也会心力交瘁，失败了，更不用说。

豁达，容量大，无所畏惧，成败得失看得通，这样性格的人，创业才会开心，遇挫折不易趴下，紧张关头吃得睡得，明天无钱今天仍气定神闲，这样的人，不成功也成功，紧张的人，成功了也不成功，因为他太辛苦了。

量大福自大

商场基本上有两种哲学，一种是“大家发财”哲学，一种是“损人利己”哲学。虽然未必人人明确，平时也不会提高到“哲理”的高度去想，但一起心动念就有分别，因为这是两种思路、两种处事方式。

纯以赚钱而言，两种方式都可成功，有时“损人利己”者还会来得快，但从全方位而言，坚持“大家发财”者，福较大，身心健康，是真正的成功者。

为什么？损人利己者，表面上装扮得怎样是一回事，但真正的机心及目的，自己是清楚的。故此他永远处于高度的戒备状态，缺乏安全感，在潜意识里，他把周围的人都视为“敌人”，包括合伙人、老婆、同事、朋友都不会信任，而一个不信任何人的人，实际上是不信自己的。除了钱之外，他处于孤立无援的状态，他可以利用任何人，但最后会发现自己一无所有、一无所用。

中国有句话是很深刻的，叫“量大福自大，机深祸亦深”。《红楼梦》里还有一句话叫：“机关算尽太聪明，反误了卿卿性命。”

这样的例子多得很，不妨留心一下周围。从政治到经济、到男女、到朋友、到家庭伦理，俱有例子。近期轰动香港的新马师曾家庭案，别以为结束了，新闻可以结尾，官司可以结束，法律上的胜利可分晓，但因机心所造成的影响会永随当事人的一生。

有“大家发财”之念的人，有容乃大，自然睡眠安稳，各方和睦。不动机心，就不易动气，不动气则气态祥和；不防人，则人不防己，成金钱的主人而非金钱的奴隶。这就是“量大福自大”。

能力与魄力

一位朋友讲下海从商讲了十年，始终还不敢跳下去，日前见面，他说有点不甘心，因为没有尝试过。他举了很多客观原因，其实归根到底就是一个原因，“缺乏魄力”。

每个人有每个人的性格，正如笔者在讲“君、臣、佐、使”时分析过，每个人有其内在的定位，这往往是先天、佛家讲的阿拉耶识所决定的，这里讲缺乏魄力，是指缺乏“赌”的魄力，这不一定是坏事，甚至是好事。性格是客观存在的。

朋友是大机构主管，管理过千人，人人都说他能干有魄力，笔者说他缺乏魄力，他当然不服；其实这就是能力与魄力混淆。

用别人的钱去赌，与用自己的钱去赌，完全是两回事：前者要的是能力，后者首先要有魄力，然后才是能力。在性格中，有敢于冒险的，有害怕冒险的；有惜身的，有豁出去的；有边学边干的，有稳扎稳打的……但下海从商，永远是有很大的未知数在前面，随时有预测不到的风险。特别在开始阶段，一盘生意亏蚀时，可以是如倒水般，愈大愈要命，随时把你的财产蒸发，把你打回原形，把你逼到破产，为员工千夫所指……

想到这里，许多在想创业下海者，就会问，这又何必呢？这个问号，就是魄力。

因为勇往直前者，从不问这个问题，他心中只有胜利，可能是幼稚无知，但其信心是真的，在他跳下海一刹那，绝不会想到失败。

从猢狲到丰田

宋代诗人梅尧臣与欧阳修齐名，他生性自由散漫，不热衷仕途，怕受拘束。

欧阳修的《归田录》记载一件事，宋仁宗时，下旨要欧阳修主持重修《唐书》，指定梅尧臣参加这项工作。梅尧臣很不情愿，但不敢不从，对他的妻子说："我这次是'猢狲入布袋矣'！"不受拘束的猴子，被装入布袋，受到管束了。他的妻子笑着答道："君之仕途，何异鲇鱼上竹竿耶?"这鲇鱼，类似泥鳅，全身黏滑，而竹竿也是滑溜的，鲇鱼上竹竿，爬得上去吗？你不是做官的料也爬不上去。

后人把性格爱好等个人特点，与周围环境不协调、相冲，又受制于周围，尽管努力也难突破难进取，比喻为"猢狲入布袋"、"鲇鱼上竹竿"。前者着重指调皮好动之人；后者另一种解释是"滑斗滑"，两个聪明又滑头的人交手，彼此都占不到便宜。

而这两句话，深层次含义是"相生相克"。世事强弱会因时因地转化，学会这转化功夫，受用无穷。军事上强大的重装备，美军的坦克装甲车，到了阿富汗山区就无用，到了沼泽地成为负担。

当年中苏珍宝岛冲突，苏军重型坦克过江势不可当，中国军队不打坦克，但把河上的冰打掉，坦克回不去。

兵无常态，社会、政治、人群、股市，也无常态。有规律，但无常态。规律是因势利导、扬长避短、掌握主动权。方式方法则是变化万千。鲇鱼上不了竹竿，但猴子上竹竿是轻而易举。长短、强弱、好坏、利弊……都是相对的，可转化的，对空、地不同，作用就不同，利害就不同。

2010年，是世界格局大变局的十年，从华尔街到丰田汽车，均呈急剧转势，这些名牌倒灶，正反映强弱变化，在刹那间。不可不慎。

赚钱易，发达难

路不平，车辆颠簸，难以寸进，由云南入西藏的山路，一天能走六十公里就很不易；水不平，惊涛骇浪，只求不翻船不沉船。

从路不平、水不平可看到，倘心不定，难得安宁。讲成功就学心平气和。怨天尤人，整天讲条件不好、周围的人不好、人人是小人者，心不平。这是自己与自己作对，难待安乐，贫困不待言，就是家山有福，有大把银两，也是苦命一条。

中国古人讲好命，讲“泰”，讲“通”，讲“达”。这超越贫富。今时香港人讲“发达”，只着眼于银纸（注：粤语，钞票），其实这个达字，有“通”（四通八达）、“到”（到达）、乐观（豁达，达观），境界高（通情达理）等多层含意。

而无论泰、通、达，都一定是心平的。亦只有心平气才和，做人才开心，生活美好。在生命的航程中，才能进步，才有内在富足。路不平难行，水不平舟覆，心不平苦恼。认识的人，衣食不愁。但眉头深锁、夜不成眠、烦恼愁肠的有，这就是有钱但未能通、达，故难得舒泰。

心欲平，很难，比外在赚钱难，故说“赚钱易，发达难”。

怎堪一个“水”字了得

香港人把“金钱”称为“水”，是很形象亦很有智慧的比喻。有钱叫“叠水”，无钱叫“无水”，拮据叫“水紧”，借钱救急叫“扑水”，银行里存款多叫“水浸银行”，总而言之，“水”是钱的代表。故此你想研究搵钱，就要研究水的特性。

水的第一个特点是流动，每个人口袋中的纸币，用来买东西、吃饭，付钞时就如水般流动，正如在珠江口舀起一瓢水，可能来自西江也可能来自粤北，也可能来自潮州，你口袋中的一百元，亦可能刚刚是自由行的朋友用完，又转到你的手上。流动是水的第一特性。

水的第二个特点是聚散。有聚就有散，有的人聚得少，是一个小面盆；有的人聚得多，是个大池塘，但聚完之后，一定会散，不是你散，也是你的儿孙后代散。想永保财富，就如过去的皇帝永保江山一样，没有可能。

第三个特性，是“水能载舟，亦能覆舟”。银纸就像水一样，可以让你水涨船高；但一有风浪，又可让你有灭顶之灾。炒股炒楼，去澳门赌钱，例子太多。至于为钱反目、家庭争产，甚至为钱丧命、坐牢，也是水能覆舟。

水是维持生命的必需品，在香港无水也无法生存，这是香港人将水喻钱的最贴切的原意。香港政府有大大小小的水塘、储水池，为应付不时之需；做生意的人，也要有点储备金，不要使得太尽。

看自己几年前的旧作，成此文。

以仁为富，以义为贵

何谓富贵？在香港提这个问题者是白痴。别的不懂，富贵无人不懂，有钱为富，地位高为贵；不错，但只触及皮相。

因为有些有钱人，本来生活无忧，因比起更有钱的人，却成个穷人款，自卑得可以；亦有所谓地位高的人，见到更大的官，成只哈巴狗，贱得可以，何来贵格？于是有人说“自足者为富，不求人为贵”。又有说，富贵是外在，要内里富足、自我充实才堪称富贵，故此提倡学习、修身。

简单如富贵，亦有不同层次。再高一层，就是古代一位哲人说的，“以仁为富，以义为贵”。这就完全脱离皮相，从精神领域及道德领域去演绎富贵了。

一个人只懂得自己赚钱，赚得再多，也不叫富，只有你有“仁”，即你愿意把财富回馈于社会，才能称得上富；一个人会向上爬，做多大的官，也称不上贵，只有你有“义”，即有为平民百姓服务的强烈愿望，并付诸行动，才称之为“贵”。

当然这解释未必人人同意，也未必人人做得到。但富贵与仁义是挂钩的：一个人有钱，但被称为“为富不仁”，是很鄙视的指责；一个人做到大官，如秦桧被称“负义小人”，何贵之有？

富贵人人都想求，但求富贵不忘社会责任，不忘民间疾苦，方为真富真贵。

再谈“为富不仁”

昨天谈“为富不仁”。这个“仁”字什么意思呢？仁者，二人也。人不可以独立存在，只能互相依存、互相扶持。自己生存，也要让别人生存，这就是“仁”。仁者，种子也，如杏仁、核桃仁、瓜子仁，这仁种入土中，到了春天，又长起新芽，这叫生生不已。“天地之大德曰生”，这是《易经》里的一句话，也是中国文化核心。我们这个世界之所以生机勃勃，就是天地给所有万物一个发生的能力。

富人，有更大的能力施仁，如果有财富不施仁，反而用财富去断人生路，此为不仁，这就叫“为富不仁”。这样做对社会不好，但断人生机即断了自己的生机，违反了天地之大德，福也将尽财也将尽。

平时我们说“不仁不义”，形容一个人很坏；假仁假义，形容一个人表面好，骨子坏；志士仁人，形容一个高尚有大节的人；仁义之师，一支正义的军队；“你不仁，我就不义”，说你先对不住朋友，别人反击。还有仁慈、仁爱、仁者无敌、仁政、仁至义尽、“仁者见仁，智者见智”……可见这个“仁”字在中国人心中的地位何等重要。

赚钱天经地义，但取“不义之财”是受到谴责的，“为富不仁”会被人鄙视。即使商业社会如香港，这传统的伦理还是深深烙在一般老百姓心中。

香港地产没落，除了哄抬楼价至全球最贵外，恐怕楼宇面积的

“缩水”也是全球数一数二。

对于有良知者，“为富不仁”这顶帽子是很沉重的；对于不择手段赚钱者，笔者这番议论是不值一哂。文章只给明白者看。

螳螂捕蝉，黄雀在后

汉代刘向的《说苑·正谏篇》有如下一则故事。春秋时，吴王决定要攻打楚国，不许任何人劝阻，他说："谁敢反对，处死。"

吴王的一位侍从官员有个儿子，年纪不大，但对国事很关注，他想劝吴王放弃伐楚的打算。吴王早上到花园散步，见到这位少年用弹弓打鸟，衣服被露水沾湿，仰着头，望着树顶，就和他谈天。他说："花园中有树，树上有蝉，正在高兴地饮露水，不知后面有螳螂准备捕捉它，而螳螂全神贯注在蝉身上，不知后面有只黄雀，准备啄食它，而黄雀又不知我正在用弹弓瞄准他。"这位少年最后总结，"这三者，皆欲得其前利而不顾后患也"。吴王听后，沉思片刻，伐楚的事搁置。

这个故事《庄子·山木》、《吴越春秋·夫差内传》也有记述，情节相仿。可见其实际反映一种思想，不可只顾眼前利益，不顾身后大患；也讽刺目光短浅者，想侵害比自己弱小的对方，而不知自己早已处于更强的第三者的严重威胁之下。留下一句成语"螳螂捕蝉，黄雀在后"，警示世人。

在军事斗争、政治斗争、金融斗争，以及传统诈骗中，这种谋略经常使用。以一个诱饵，引诱对方全情投入，放松防范，然后全歼。

香港金融界大鱼吃小鱼常用的方法，小型上市公司把股票按在金融机构融资，市况下跌（或抛售股票），逼迫还钱，无法还钱，公司被吞。中鱼吃小鱼，中鱼又被大鱼吃，华尔街的雷曼兄弟一声倒闭，把全球的散户血汗钱全吃，五大投行、AIG（美国国际集团），彼此愈吃愈狂。市场、上天是最大的“后着”，太过分就会收拾你，此为华尔街的报应。但人在投机市场不会汲取教训，直至消亡。

旧作新登

偶阅旧作《钱眼观禅》，当看到《钱眼看人世》一篇，会心而笑。此文大约写于十年前，正是上次金融风暴之后登于本栏，而今虽然仍“太平盛世”，许多人仍信心爆棚，但宜未雨绸缪。人有悲欢离合，月有阴晴圆缺，股市楼市也有好时坏时。

金钱乃资生物，钱一定要赚，财也要发，但要看潮涨潮退，为钱而搞到灭顶，则不划算。

如何看清人与钱的关系？旧作新登。

“金钱是无辜的，一会儿被捧上天，一会儿踩在地。一会儿说万能，一会儿说万恶。古往今来，金钱从未开声自辩过，它只是笑看人间的悲喜剧，倘金钱能言，它会说：‘善恶者人性也，与我何关？’

“想想也是，金钱不会耍阴谋诡计，人才会耍阴谋诡计；金钱不会叫你结婚离婚，但人会为金钱结婚离婚；金钱不会叫你兄弟反目、父子成仇，但人会因金钱骨肉相残；金钱不会发动战争，但人会为金钱发动战争；金钱从无叫你为它死，但‘人为财死’古今皆有；金钱不霸道，人会因钱而霸道；金钱不自卑，人会因钱而自卑；金钱不嚣张，人会因钱而嚣张……

“如果从钱眼看世界，看人生，很多事就明白了。贪婪爱恨，善恶良知，都是人自己的事。最后人还把一切推给金钱，咒其万恶，捧其万能。”

尝试站在金钱的立场去看社会万态。

不是诗人不语诗

有云“路逢剑客须呈剑，不是诗人不语诗”。这两句诗，是教人“对机”。

何谓“对机”？这本是禅门用语，用浅白的话就是“一把钥匙开一把锁”，在“适当的时候做适当的事”，对“特定的人用特定方式去对付”。这个机，是“机锋”，不了解也可浅解为“机会”，这是稍纵即逝。今日股市畅旺，“投机”一词也是禅门用语，这日后再谈。

许多朋友在商场、在人际关系中失败，缘于不“对机”。人家不是剑客，或者压根对武无兴趣，见到剑都怕，你就不要露剑。“路逢剑客须呈剑”，但如果有共同的兴趣，即使萍水相逢，在大路街头碰到，也大可“呈剑”。所谓一拍即合，一定有一点是彼此共鸣的，可能是志向，可能是爱好，愈是内在愈不外露，愈有共鸣。

“不是诗人不语诗”，人家或者自己不是诗人，没有文化，你偏偏讲诗，这使人难堪，也即自己难堪。对于贫穷的人，不要讲“有钱”，你买一辆汽车，乡下一世都赚不到，你炫耀就是不厚道。现在富豪流行买飞机，一位有条件的朋友说“这么多人这么穷，想到此，我不买”。这是有福之人。因为宅心仁厚，唯有厚才承起福报。

学习对机，这两句话“路逢剑客须呈剑，不是诗人不语诗”，既教你方法，又教你立德；既教你处事，又教你做人。

/

“挨”的精神

/

股市大跌，哀鸿遍野，不想说什么，因为说什么都没有用。股市狂涨时，劝人小心点没有用；股市大跌时，劝人镇定也没有用。只能随他去。

有句话叫“太阳底下无新事”，又有句话叫“世事如棋局局新”。这两句话表面看是矛盾，其实是统一的。大阳底下无新事，是宏观；世事如棋局局新，是微观。你看历来的股市狂潮、大起大落，原因、过程都是近似的，最后是人性中的两个根本因素，一曰贪婪，一曰恐惧（炒楼也同样），在股市起落中起关键作用。人们周而复始地玩同一游戏。

二十年前，1987年10月，笔者在那次股灾中陷入深渊，欠债、卖楼、失业、生活无着，全部袭来，无他，想发达，赌大了，利润与风险成正比，教训并非听来的，亲自感受就知道。怎么办？一个字“挨”。

粤语解释这个“挨”字很好，这含有忍耐、韧性、承受、努力、顺从但不认命等多种含意。最后挨过艰难，挨到黎明，又一个晴朗的天。故此，在困难的时候，在逆境的时候，提倡这个挨字，不要去怨天尤人，不要去说“早知”，也不要去更多后悔，要迎上去，挨过去，必有出头天。

黄霑兄生前曾与笔者讨论过，他说他反感这个挨字，笔者说，这说明你一生顺利，一生行运，但真到不顺利的时候，没有挨的精神者过不了关，后来他因病，体会了。

挨是辛苦的事，但如果一个人能高高兴兴地面对，那他成功了，因为他“心无挂碍”了。

合与分

好朋友合作做生意，最后以分手告终，有的还变成冤家，这样的例子不胜枚举。原因在哪里？

如果用两句话概括：利益的争取导致合作；利益的分配导致冲突。

要争取利益，一个人势单力孤，要多方合作者，扩而大之，劳资也是合作者，资方出钱，劳方出力，这是互需，没有矛盾。但一到分配，矛盾就来了。共同利益所在之处，就是矛盾的焦点，如金钱、工资劳方要多，资方要少；时间劳方要短，资方要长。

故此，一涉及资源、财富、权力、名誉的分配，就是矛盾产生的地方，也是合作者分道扬镳的地方。

俗话说“可以共患难，不可以共富贵”，就是因为患难时争取共同利益，大家有共同的诉求、共同的目标，或者说共同的对手；但富贵时，大家分享共有的东西，目标已经有异，冲突自然发生。即使并不富贵，举凡是分，就有矛盾，诸如兄弟分家产。

这个道理其实不离人性，明白了，在寻找合作者时，就可以比较明智，除了要有硬件外，还要有软件，即德行。同时合作者以互补为好，你有的我无，我有的你无，彼此的着眼点不同，这叫异性相吸。

“滴水之恩”谈古风

有一句话现在很少人提及的，叫作“滴水之恩，涌泉相报”。别人给过自己的恩惠及帮助，不但要牢记，而且要涌泉回报。所谓义，此谓也。

观人不必观其对上，当观其对下；不必观其对发达之人、身处高位之人，观其对失意之人、落魄之人。当观对其下人及仆人，如今日之菲佣。虐待菲佣者不管表面何等有教养，骨子里非善类，不合可解约，不必虐待。人家离乡别井，无非找碗饭吃，岂能以奴隶视之？尊重别人即尊重自己。

“滴水之恩，涌泉相报”是古风，中国人崇尚报恩，这是讲“受”；但处于“施”的位置，给别人的好处，尽可忘记。这两者加起来，就叫义。

今时今日流行的是市侩哲学，叫“无宝不落”。有好处争先恐后，无好处鸟兽散，这已见怪不怪，这已成为主流的思潮，故此今日在商圈、政坛上打滚，势利是常态。

尽管势利是常态，但古风犹存，快去世一周年的黄霑兄，就是表面佯狂放荡，实则胸怀古风的一个人物。去年重阳节和他一起到云居山，今又重阳，想起他，成此文。

城门失火，殃及池鱼

为什么说“城门失火，殃及池鱼”?《百家书》记载，宋国国都城门忽然失火，人们救火，把附近鱼池的池水用光，池里的鱼自然遭殃。

世间事是互相关联的，表面上看城门与池鱼，八竿子也拉不上关系，怎晓得，偏偏城门失火，池鱼受到牵连。

这次华尔街金融海啸，连锁反应危及全球，着实揭示万事万物内在的千丝万缕的联系。

而今日的金融海啸，根本原因是美国内部消费过度，入不敷出，过度投机。但直接导火线则是伊拉克一战失败，军事上的失利表面看与华尔街金融海啸风马牛不相及，但伊拉克战争的双方，一个是全球最强大的军事国家，一个是沙漠里被制裁了十多年的小国。华盛顿的新保守集团是以伊战作为开场的，巩固世界霸权，结果碰壁。伊朗将在中东坐大，阿富汗军事失利可以预期，这一当头棒喝，打击了美国的军事野心及信心。

军事霸权及金融霸权是美国称霸的两大基石，当军事霸权受到冲击，躯体就倾斜，金融的弱点则彰显，未尝不是金融海啸的成因。

另一种假设，倘美军能迅速平定伊拉克，小布什就是美国英雄。美军声威大振之际，打通伊朗、阿富汗就相对容易。当美国控制石油通道及能源产地，其他国家不得不服，这就是另外的局面。

当美国军事机器能慑服全球时，金融机器的运转就平顺。成功了，大问题就是小问题；失败了，小问题就成了大问题。

伊拉克一战，或许历史学家会说是美国由盛而衰的转折点。

/

风浪

/

股市连续两次大跌，损手烂脚的投资者不少。认识的朋友输了钱，但神色自若，丝毫不影响情绪，此为见惯风浪。

风浪，有自然界风浪，有经济风浪，有政治风浪，有生活风浪，有情绪的风浪；在股市摸爬滚打的人，或许应付经济风浪的承受力很强，但应付政治风浪的能力很弱；有的事业上是强人，但在情绪及精神上却不堪一击；也有面对面斗争怕事的人，在商场上胆大、果断；也有在战场上不怕死的人，见到异性却胆小如鼠……

风浪者，变动也，打破常规也，故此是考验、是打击、是磨炼、是淘汰。但不同性格，不同历练，面对不同的风浪，会有不同的适应能力。有人这方面是高手，另一方面是低能，不能一概而论。人无完人，明白自己是哪一块料，这就叫“自知之明”。

香港是经济城市，20世纪70年代以来，股市楼市起起落落，暴富暴穷造成了港人的经济风浪适应力及反应力，比许多地区的人来得强。但对政治风浪的敏感度及承受力，就先天不足。环境造就人，举手投足，开口闭口之间已流露。

对风浪，除了不同的人有不同的承受力及驾驭力外，同一人在不同时期不同阶段，亦有不同承受力及驾驭力。有空再谈。

“作大”与平常心

不是不吹牛皮不作大，五六分吹到七八分，或者七分吹到十足，大多数人可原谅，本来都是凡夫俗子嘛。

但不要无中生有，不要生安白造，不要贪天功为己有。

第一种是缺点问题，第二种则是品德问题。

但这些年发现还有第三种人，品德并不真坏，也不是有心损人利己，也不是真搞什么大的阴谋诡计，只是习惯爱作大、爱吹牛皮，管不住自己嘴巴，吹吹，吹破了，圆不了场，可能自己也懊悔。这是一种病态，自卑会变自大、要威，达到不顾一切的程度。有被称“奇女子”者无钱付房租，八十年代住北京饭店总统套房，被酒店经理追数，大发雷霆，意思是：“大富豪会欠你这点小钱？”酒店经理被“抛窒（注：粤语，虚张声势吓住对方）”，一时语塞。但真的房租都无钱交了。并非虚构，为她难堪。作大、认威也会上瘾，久而久之，连自己也信以为真。

如果你作大，是为达到特定的目标，比如商场认“有实力”，通过种种铺排为给客户留下深刻印象，这可视为商业手法，无可厚非。穷小子充大富豪很多，但穷小子清楚自己身份，这是手段。倘若吹到太投入，以为是自己真的成了大富豪，忘记了本来是穷小子，而且习惯了，即为病态。

作大，还要看场合，对不明真相者，讲什么都无所谓。但对行家、传媒也信口开河，那就极为不智。中英谈判阶段，有港名人说“去中南海邓家”，在香港抛浪头，人家对他另眼相看。想不到他在北京一讲，大扣分，因邓不住中南海，20世纪80年代北京官场内都知道。官场讲与领导人私交为大忌，何况作大?

如果对着当事人的面也作大，也扭曲事实，是对当事人的不尊重。不知诸君有无经验。

还是平常心好，回归事实。其实作大，兴奋一会儿就过。

天道忌盈

古代的思想家管子有句话“斗斛满则人概之，人满则天概之”。这个“概”，解削平，大意是说，盛谷子的斗满了，人会削平它；人自满，过分了，天就会削平之。

天削平一个人是无形的，是假手于人进行的。聪明的人，不必等到天来平、别人来平，自己先把自己的骄傲自满平掉。自己平自己，并非自己消灭自己，而是指自我节制、收敛锋芒。邓小平为中国外交定下“韬光养晦”的指导方针，就在于其深谙传统哲学，而正是这一方针为中国减少了阻力，得以和平崛起。

《易经》云“天道忌盈”，盈者满也。天是不喜欢满的，所以“人满则天概之”。满，就是超过了你应有的份额，但份额人人不同，有的是茶杯，有的是面盆，有的是水井，有的是池塘，有的是湖海，但不管你是什么，超出份额，一定不祥。比尔·盖茨及巴菲特，世界富翁前一二名，美国人，但其行为暗通易理。他们把财富回归社会，而非自己抓住不放，有大福报。你能挑一百斤，你挑八十斤轻松，但挑一百二十斤就吃力，这是身体的实际感受。官位、财富、名气，也是担子一样，是压人的。超过你的负荷，就压得你很辛苦，甚至压垮你。

不是讲你有多少钱，而是讲你辛不辛苦。不辛苦，一百亿也不多，因承受得起；辛苦，一千万也多，承受不起。其余类推。

辑四

世 事 洞 明

如何知人顺势得机缘?

什么叫形势比人强? 形势，形者格局，势者趋向；

大的形势一掀起，个人的力量是无法阻挡的。

势者，规律也，道也，正确的方向也；

当你与之整合，你就有能量，就无往而不利。

成功三部曲

凭实力向上爬，三个阶段，第一阶段要出头。因为在各个领域中，在大小圈子中，筵席已坐满，新来者很少出头的机会，对于有潜质的人或公司，传统力量是打压、封杀出头露面的机会，这时上位者要有“强出头”的能耐。这个“强”不是乱来，不是强硬，这会造成适得其反，而是要创造露头角的机会，是第一步。

笔者二十多年前一位朋友，学做生意，没有任何关系，就拿出一部电话黄页，查到自己想从事的一行，一个一个电话打。他说打一百个电话，九十九家公司不理睬你，有一家理睬你，就是迈出第一步，此为“强出头”。现在他是那一行的大哥。

第二个阶段，当你攀上向上爬的梯子，动作快，开始有超过对手的趋势，在上面的会压你，周围的会推你，下边的会拉你。这是艰难的时刻，功夫不够，会被拉下来或者停滞不前。

第三阶段，当你爬得快，迅速超越周围，攀上高峰时，大家会向你鼓掌，称赞你，认可你。但这时位高势危，不是别人想打倒你，而是自己飘飘然，失足跌下。当你一跌倒，人人又都踩你。

这三个阶段，古今中外，各行各业，不同领域是一致的，因为人性不变。今日的世界依然在不同的层次、不同的地域、不同的种族上演着同样的悲喜剧。

国家也同样，明乎此，或会认同笔者曾表述的“成功者压不住；被压住的，本来就不应成功”。

今天中国的崛起遇到同样的问题，那么你以为中国的崛起，会被外力压得住吗?

随笔说“势”

多次说过“形势比人强”的道理，当大势所趋，只能顺从，否则被湮灭。因为形成一种大势，并且成为主流，必须有其内在的原因。势只是“果”，形成这种势的原因方为关键。当势已形成，就只能待势尽了才有回转的机会。但势有大、中、小之分。小至肥瘦，大至国运。

有一次对企业家讲“主流与支流”。潮流即势，潮流有主流，有支流，有逆流，有回流，有漩涡，如何才看得清？笔者举1840年英国为首的西方国家打败中国的历史，核心问题是西方的工业革命战胜了东方的农业社会。那个时代，英国站在工业革命的潮流之巅，代表了主流。中国必败，大势所趋。

但当时中国的人物，如林则徐、曾国藩、左宗棠等人奋起反抗，虽然失败，但在另一潮流他们是先锋。他们代表了中华民族自强不息的潮流，是民族的脊梁，值得敬佩。形势比人强，无回天之力。

经过多代精英的摸索、奋斗、反抗，经过“左”、右的反复，走上“以经济建设为中心”的正确道路。扫除障碍，有深厚的文化根基及坚忍的生命力，中国崛起是必然的。

人的错误，在于以自我为中心去看世界，这就很容易把支流当成主流，或者把主流看为支流。此外，还有因个人恩怨及喜好，影响了眼光与识见。比如从1949年10月中共立国起预测其垮台者。六十年过去，确实中共犯了不少错误，到“文革”达到顶峰，不但没有垮台，反而愈战愈强。这三十年经济的增长，特别是2000年后的步伐，理论及实践上都提出了“为什么”？

使笔者感到诧异的是，多年来，无人预测华尔街会垮台，怎么忽然要垮台了？这又是为什么？

"势与力"随笔

势力势力，势无形，力有形。力反映现状，势预示未来，力外露，势内藏，有势有力，是初射出箭，失势之力是强弩之末。

1946年，国民党力大于共产党，军力、财力、人力、外援，国军都大大超过共军。但中共势盛，结果只用了两年就扭转了形势，国民党兵败如山倒。

中国文化往往只能意会，很难言传。这个"势"怎么说？它不是称的、量的，而是感觉的、体悟的。如何体悟？综合资料，从外到内，除了物质力量，更重精神力量，昂扬的斗志、必胜的决心、无所畏惧的气概……"力"与"势"，是不在一个等级的。势要高于力，有势才有力。有势，这个力才能发挥，才能成就，否则只是匹夫之勇，是蛮力，无用。

修身、齐家、治国、平天下，这个修身就是养气储势。我们的助手，有用的，叫"得力助手"。但一个人受到重用，飞上枝头，称为"得势"，相反叫"失势"。一到高层次，重势而不重力。这个得与失，未必是自己的，可以是外力注入，故此"势"有从上而下的注入。所以才有"势如破竹"。竹很硬，但顺势而行一下就破。

你看，顺势而行，这个"势"就成独立的东西。

势者，规律也，道也，正确的方向也；当你与之整合，你就有能量，就无往而不利。当然，势，有大有小，小至个人，大至世界潮流、银河运转。所以有大势所趋、势不可当等说法。

你要参悟“势”，就要学“放下”，学“无我”。现代金融市场不是天天讲“走势”吗？真能领悟者，放下自己是前提。过于贪婪，就会“机关算尽太聪明，反误了卿卿性命”，聪明加财力如华尔街大行，也可以一铺清袋。“势”，岂容你玩它？

遇不遇者，时也

这是古代荀子的话。“遇”，我们今天讲的顺利、行运；“不遇”，我们今天讲的逆境、“行衰运”。

荀子讲这句话，是评论孔子的一次遭遇。孔子带着弟子周游列国，经常受到歧视及白眼，在陈国时，因卷入政治纠纷被拘留，连吃的东西都没有。

今天讲“丧家犬”，这正是孔子形容自己处境的话，够惨了。孔子的弟子子路，忍不住大叫质问：“君子也会遇到这种悲惨的境遇吗？”孔子只是淡淡地回应：“人的一生都会有好与坏的境遇，最重要的是处在逆境时如何去排遣它。”

荀子，正是根据孔子这一段遭遇，指出“遇不遇，时也”。时运时运，时即运。任何一个人总有不遇的时期，你无论做什么，付出多大努力，都得不到预期的结果，甚至是相反的结果。比如大学毕业找不到工作、失业，得不到合理的报酬，工作环境、家庭环境等不如意……“不遇”的时间长久，或者经历了几番挫折，人难免会产生悲观的情绪。

但“山重水复疑无路，柳暗花明又一村”。乌云蔽日，但也必有云散日出的时候，这时会诸事顺遂，感到前途光明。所以，在失意时，在困局时，不必气馁，要耐心等待时机的来临，所以“忍耐与不活动”，就是这一意思。

同样，在境遇顺利的时候，你做事畅顺、成功，但总有一天，不遇的时候亦会悄然来临。因此，在春风得意时，也不能得意忘形。国人以四字概括：居安思危。

你看中国，何尝不是，1840年到1949年，整整一百年处于乱世，中国的仁人志士，从林则徐、曾国藩、左宗棠到孙中山……都无法力挽狂澜。一百多年，中国都处于“不遇”之时。此后，国运向上，经济起飞。国家尚且如是，何况个人。遇不遇者，时也。

“审时度势”谈

“事之难易，不在大小，务在知时”,《吕氏春秋》有这么一句话。

有的朋友妄自菲薄，以为自己是做小生意、做小事情，不能与做大事的人相比；也有朋友妄自尊大，以为自己是做大事的，不屑于做小事。其实事无大小。做地产经纪，卖一个单位与卖一幢大厦的道理是一样的，在街边卖牛腩粉所遇到的困难，未必比开一家酒楼的要少。问题的关键是会变通，如何以小化大，以大入小。在解决问题时摸索出规律，如果能融会贯通，就可以既能做大事，亦可做小事，所以说“事之难易不在大小”，下面一句话是要害，“务在知时”。

知时，就是知道时机与进退。可以发现许多朋友创业困难或者顺利，不在别的，就在一个“时”字。逆风逆水，能力再强，资金再厚，背景再好，也得个“挨”字；顺风顺水则轻而易举，就在一个“时”字。时，就是时机时势，故此学习观“时”，其实是最重要的学问。偏偏在大学、在研究院，什么科都有，就没有“审时度势”这一科。因为这不是“知识”，而是“智慧”，知识是学的，智慧是悟的；知识是递增，智慧要清灵、要深邃，学这些学不到，无饭吃的，或者十个学无一个成，因为要好的根器。

中国文化的佛道儒，都在讲这些道理，确是宝山，可惜山前无路墙高路险，多数人找不到入处。故尝不到甜头，很难进。

当局者迷

为什么说“当局者迷”？因为身在局中，被自己的立场及爱憎所左右，只听爱听的话，比如入了大量的货，来往的都是好友，不想听，听不进相反的意见。此其一。

其二，身在局中，看不到全局，也找不到方向，就像在森林中迷路。

苏东坡有一首诗《题西林壁》，宋神宗元丰七年，东坡先生初登庐山，来到西林寺，写在墙壁上：

“横看成岭侧成峰，远近高低各不同，不识庐山真面目，只缘身在此山中。”

横看是绵延起伏的岭，侧看是峭壁的奇峰。在山下向上看及在山顶向下看，颇为不同。我们不识庐山真面目，恰恰是因为自己在山里面。因为本身陷入复杂的矛盾中，难于清醒客观地分析问题。

当局者迷，我们应注意及避免的，并且要时常提醒自己，特别是当自己陷入局中，自以为感觉良好时，往往是危险的时候。

个人、公司、城市、国家，都会有当局者迷的情况。中国清代中叶，特别是乾隆一朝开始，实际上已陷入当局者迷中，自我陶醉及满足，对西方工业革命茫无所知，总以为自己是天朝大国，眼光所及，只是越南、朝鲜，顶多是日本，其时欧洲的工业革命已风起云涌。局愈大，迷得愈深，愈难以自拔，愈危险。

当局者迷，这个迷，愈自信，愈迷信，在外界环境改变时愈危险，因为这就是“执迷不悟”，跌下深渊。日本比中国小，明治维新就转身了。中国转身难，经过一百多年才转过来，才上正轨。

现时轮到美国当局者迷，迷什么？迷信财技，迷信军事高科技，迷信先使未来钱。

立场观点方法

我们处事对人，立场决定观点，观点决定方法。立场是先决条件，正因为站在不同的立场，有截然相反的态度，故此世事很难说对与错。

拿破仑是法国人的英雄、骄傲；英国人把纳尔逊视为英雄，拿破仑则是恶魔。英法两国人的立场不同，观点就不同，方法就不同。

你揸了股票，想股价上升，听到利好消息而开心，你的立场决定你的观点，一旦你卖出了股票，立场转变了，马上你的观点与态度就变了，希望股价跌，好趁低吸纳。

立场有不同的领域，如国家民族立场，比如中日、英法、美伊；宗教立场，如基督教、伊斯兰教；阶级立场如劳资；政治立场如台湾的蓝绿；意识形态立场……不一而足。以上是大的，小的捧哪支球队，也见立场，如曼联与利物浦，同是伦敦球队的热刺与阿森纳，因为立场不同，狂热球迷不但持双重标准，而且严重对立。

北非诸国围绕着地中海与欧洲相望，从埃及到阿尔及利亚到突尼斯、摩洛哥，都成为英法的殖民地，再早些时候，葡萄牙人及西班牙人远征美洲，也霸占了不少地方；欧洲移民到新大陆，为地盘灭绝了印第安人，这些都只是百年的事。列强东征，霸占了印度，打开了中国大门。八国联军进入北京城，香港、澳门受殖民统治，至于是感到骄傲及荣耀，还是耻辱与愤怒，全都是立场决定的。

还有一种是利益至上，即以得到利益为立场，其他什么都不管，这就是以“有奶便是娘”为立场。

由成变败在“傲”字

有一位历史人物说得好：“天下古今之庸人，皆以一惰字致败；天下古今之人才，皆以一傲字致败。”又说，“大约军事之败，非傲即惰，二者必居其一；巨室之败，非傲即惰，二者必居其一”，“傲为凶德，惰为丧气”。

翻开一部近代史，确如是。今年是甲申年，三百六十年前，李自成率领的百万农民军进入北京，崇祯皇帝自尽于景山。李自成坐上了故宫的皇帝宝座，本来又是一次改朝换代，但胜利冲昏了头脑，以为以实力的强大，中国舍我其谁。结果抢官位、抢财富、抢老婆，不思危险不思保守，清兵入关，失去战斗意志，竟兵败如山倒。

李自成的家乡陕北米脂县，笔者到过，是黄土高原的穷乡。李氏放羊娃出身，起兵后经历过百千战阵，潼关一役剩下十八骑，躲进大山，挨尽甘苦。他勇敢、顽强、坚毅、有谋略，百折不挠，组织力强，深得军心，最后才进入北京。怎晓得就过不了“傲”这一关，功败垂成。

太平天国洪秀全起义时，清朝颓势已现，很快席卷南方半壁江山，但一到定都天京（南京），上至天王，下至各统军将领，无不傲气冲天，于是争权夺利，内讧内斗，结果失败。太平军人才济济，将领李秀成、石达开都是一时豪杰，天时地利均具备，但又败在一个“傲”字。

骄兵必败，马上见功。骄傲，古往今来“才人”之劫数，大家、大公司、大国的劫数，很少能逃此劫：第一代能逃，第二三代必中招，又改朝换代了。而今，世界超强美国又急速走上这条路。

目明、耳聪、心公

人有私心，但“目贵明，耳贵聪，心贵公”。这句先贤的话，还是很有道理的。正因为“私”是本能，故此才提出“心贵公”。

为什么？就在于公与私表面上对立，本体上是统一的。

公与私是互相渗透的，没有独立的私，只有集体里的个体，就如一滴水与一桶水，一条河与大海一样。你想把一滴水分别出来，可能吗？以个体来说，每一个人，时刻都与宇宙（外界，或者“公”）进行物质的交换，如呼吸、饮食、排泄。你说私，空气是私的吗？公中有私，私中有公，你中有我，我中有你。意识形态，无论把公推到极，或把私推到极，都是错的，最后一定会回头，回到中间。我们的孔夫子早就看到宇宙万物的规律，才有“中庸之道”的提出，为使人少走弯路。

“心贵公”，就是有公心者受人尊重及爱戴。每一个家庭都如是，其成员有私心重、有公心重的，你喜欢哪一个？人人拥护公道者，结果其“私”又得到保证。处处想牟私利者，被大家杯葛，最后私利受损。“公与私”就这样在时刻转移。

“目贵明，耳贵聪，心贵公”，鸡年行好运。

提倡学习，反对模仿

学习，是学别人的长处，经过消化吸收，成为自己的能量。学习有三个途径：一是书本，一是实践，一是观察。思考是消化吸收、去粗取精、去假存真的过程。故学习是学精髓、学灵魂、学生命力，学习主“内”。

什么是模仿呢？仿照外在的形式、表象、皮毛，模仿主“外”。

有的人将学习与模仿混淆起来，这正是误区，也是有的朋友很努力但提高不快的原因。因为走错了方向，只在浅层次追逐，“舍本逐末”。

古往今来，成功的人无论是艺术家还是企业家，无论是写诗还是带兵，不管务虚还是务实，都无一例外，是长于学习而非长于模仿的人，长于学习而又有悟性，在趋于成熟之际，风格就会慢慢出来了。许多搞艺术的人都渴望建立自己的风格，更高的层次叫“流派”，但这是瓜熟蒂落、水到渠成的事。有的人信手拈来，有人踏破铁鞋无觅处。

有的人以为标新立异就是新风格，殊不知标新立异也是一种变相的模仿。模仿什么？模仿“与众不同”。人的一生都在学习与探索，不为功利就会乐在其中。乐什么，乐在自我提高，乐于以有限的生命投入无限的认知之中。

有一位朋友棋艺很精，他到处寻师访友，和人对局。赢开心，输也开心，遇到高手，暴露了、找到了自己的弱点，一旦境界突破，更是乐不可支。这就是学习的过程，能不进步神速吗？

提倡学习，反对模仿。

利益与友情

数年前，在北京与老同学、老朋友聚会，在座当时得令者不少，大家约法三章，只谈友情，不谈“利害”。升官发财都涉及利害，老实说，交情够，自然会关照，不必求也不必争也不游说；交情不够，才要利益“搭够”。

1987年10月股灾，二十年了，因为输到卖楼还债记忆犹新。当时穷到连买张飞机票都无钱，但一班老友不嫌弃，并帮忙。

当然，也有的人把什么都看成生意看成利益，把交友看作是投资，而投资是讲收益及回报的。对于一位生意人，笔者不敢说这是全错，有时也应该随俗，否则怎能把事业衬起及做大？江山易改本性难移，笔者自小生长的环境及所受的教育不是这样的。

其实利益与友情，如何处理得当，是一个很大的学问。友情带来利益的例子很多，但利益摧毁友情，甚至亲情的例子似乎更多。

这涉及两种人性特质，一曰胸襟，一曰识见。心胸狭窄者，一定会为利益而反目，不论是朋友或是亲子兄弟，识见短浅者，难明白水涨船高。

故交友，就要注意，一曰胸襟，二曰识见。有这两样，见解取向不同可以同路，相处愉快；没有这两样，见解取向相同，也是陌路，因为必定内讧。

交友，读书小札

一，欧阳修的《朋党论》云："君子与君子以同道为朋，小人与小人以同利为朋。"

"以道为朋"，志同道合，很好；"同利为朋"，一起谋利益也不坏。儒家读死书的人，排斥利，以此划分君子、小人，其实偏颇。也是读书人不务实、好清谈，"讲就天下无敌，做就有心无力"，轻视实践、轻视科学，这是造成清末衰落，无法跟上工业革命大潮的原因。木先腐而后虫蛀，列强侵略，固然可恨，但堂堂中华，地广人多，竟无力抵抗，这不是自己本质腐败吗？五四运动提出"打倒孔家店"，尽管有偏颇，但非无道理。

二，《战国策》云："以财交者，财尽交绝；以色交者，华落而爱渝。"后来引申有"以势交者，势倾则绝；以利交者，利穷则散"，"以权利合者，权利尽而交疏"。

这很正常，世界上百事百物，趋利避害，乃常态；过于严苛，则阳春白雪，和者寡。儒家过于理想主义，同时也把君子与小人划分得过于决绝，其实大多数人是君子及小人的混合体，大节不亏，已属难得。对小节重包容，这就是"得饶人处且饶人"。

三，所以汉代有位韩婴写道："与人以实，虽疏必密；与人以虚，虽戚必疏。"

这个实，就是实际的恩惠；这个虚，就是“口惠而实不至”。你肯给人利益，本来“疏的”也“密”。你得个“讲”字，不给别人利益，本来亲近的也疏远。现实社会不就是这样吗？美国大行为何精英趋之若鹜，敢给钱也，“重赏之下，必有勇夫”。

四，想要朋友多？除了上面讲的利害外，还有一句“记人之善，忘人之过”。记得别人的好处，忘记别人的过失。

随缘与攀缘

人讲“随缘”，大多是在不如意不顺利时，作此自我安慰。这是对随缘的片面的理解。其实要你做官，要你发财，要你成名，亦即是说在世间法认为“顺利”、“行运”时，一样是随缘。逆境时随缘，不妄自菲薄，心境平常；顺境时随缘，不妄自尊大，心境也是平常。佛家认为万事万物是因缘所生，本体是空，故“缘起性空”，是根本。

与“随缘”相反的是什么？这叫“攀缘”。随者，随顺，故自然、顺畅；攀者，强求、造作，有太强的主观及目的。攀缘可以成功，但有副作用。

为什么佛的一个称谓叫“应供”，这是因为佛为众生修行，应该供养。看《金刚经》就知道，释迦牟尼在吃饭的时候，是自己拿着钵去要饭的。而且是轮着一家家去，不分彼此，主人家给什么就吃什么，不作分别；如果连着五家都要不到饭，就不吃了，因为没有缘分，该饿肚子。到唐代，百丈禅师更提出“一日不作，一日不食”，农禅结合，出家人耕田种菜，自食其力。这是禅门正道。

真正大修行人，不会攀缘，从云居山出去、在美国圆寂的宣化上人，就讲过“饿死不攀缘”。修行人就是讲修行，讲其他那么多干什么？不是商家佬、讲银纸；也不是地产商，整天想起楼。

现今中国的庙还少吗？庙多了，修行的人却少了。

秘方的启示

《庄子》里有一个故事，古代的政治家或阴谋家都知道其中玄妙，也与现代的金融收购暗通消息。

宋国有一家人，有祖传秘方制成的药膏，冬天涂在身上手上，不生冻疮，手上皮肤不会裂，这家人以漂布为生，因有此秘方，生意做得很成功。有一个人获悉这一情况，就用一百金游说宋国这家人把秘方卖给他，当时一百金是巨额数字。

这个人买到秘方后，就去游说吴王，因为吴国在海边，打仗要训练海军作战，冬天打海战，涂上这秘方药不怕冷，不生冻疮。这个人游说成功，做了吴国海军司令，而冬天海战中，大败越国，这个人因之立了大功，被封地封侯。

庄子说，一个不生冻疮的秘方，有人利用它，可以封侯拜将；有人却只能用同一方子，世世代代替人漂布糊口。同样一个东西，运用的不同，效果有天渊之别。

古往今来，能干的政治家也好，阴谋家也好，今天的金融家也好，其成功者会有化腐朽为神奇的本事，把一种“东西”利用得淋漓尽致，而为“成功”所服务。

“三器”与“六忧”

古代的思想家认为治国有“三器”，祸国有“六忧”。今时今日，企业管理也值得参考。

三器，三种武器：一是号令，二是惩罚，三是奖赏。没有号令，下属不从；没有惩罚，下属不怕；没有奖赏，下属不会争上游。这三种东西可以把全国的人调动起来。

但有六种人可能是乱国的隐患，因为这六种人有可能破坏上述“三器”。

一是亲信，特别亲近与信任的人。

二是谋士，没有官职，但受皇帝尊敬，他说的话有分量。

三是女色，受宠爱的女子。

四是行贿赂者，即用金钱打通关系的人。

五是陪你玩乐的人。

六是关于钻营的人，在政治上钻营的人。

这六种人未必坏，但这是治国者的六种隐患，是容易出事的人。因为这六种人有其特殊的地位，犯了法，可以不被追究；犯了事，可能有人保护而安全过关。同时可以不用军功，不用拼命，凭恩宠及关照而发财。这就造成对治国三器的冲击。

因为如果有人犯了法，可以不被追究，这个国家的号令不会有力；

如果有人犯了事不受惩罚，这个国家的惩罚就失去震慑力；如果一个人不努力就可轻易发财，这个国家的奖赏就失去效用。这六种隐患可能使号令、惩罚、奖赏这治国三器消失于无形。

古代的圣人，用简单的话说出朴素的真理。

鉴人一二

当头头、当主管的人，以善于用人为要务，过去封建时代，有说奸臣祸国，今天工商业社会不尽相同，但亦异曲同工，笔者的朋友也有在金融风暴时被信任的人出卖，害到鸡毛鸭血（注：粤语，损失惨重），甚至走投无路。

会用人，才会鉴人，多数人是凭经验、凭喜好，但如果读点书，古人有很好的提示。比如《反经》中有这般说法：

“智足以饰非，辩足以行说，内离骨肉之亲，外妒乱于朝廷。如此者，谗臣也。”

这种人聪明善辩，做错事，能很巧妙地用言词或行动掩饰；同时会巧妙地挑拨离间，这是谗臣。

“专权擅势，以轻为重，私门成党，以富其家，擅矫主命，以自显贵。如此者，贼臣也。”

这种人玩弄权术，用他的势力，颠倒黑白，以轻为重，结成帮派，谋私利，甚至下假命令以达自己的显贵，这种人叫贼臣。

“谄主以佞邪，坠主于不义，朋党比周，以蔽主明，使白黑无别，是非无闻，使主恶布于境内，闻于四邻。如此者，亡国之臣也。”

这种人，是使老板走上错误的路，把错误都归到老板一人身上，“陷主于不义”，这是亡国之臣。

古往今来，生活形态不同，科技水准也不同，但人性没有变。皇帝有昏君，下属亦有奸臣，而表现形式大抵相近，读先人之书，自有会心微笑。

人治，也不简单

永定的土楼，聚族而居，十多户、数十户，甚至百户人家共同居住，如何管理？今日西方社会讲法治，但在闽西的群山中，山高皇帝远，过去全县没有一条公路，任何问题及纠纷只能就地“消化”。这个“社会结构”是如何组成的？如何有效地运行？

说是“人治”一点也不错，但在乡村基础组织中，特别永定土楼这种聚族而居、对内开放的群体生活中，其人治的背后有很丰富的内容，以及种种的合理制约。

一是道德制约，这个道德形成了不成文的规矩，比如敬老、比如孝道、比如热心公益、比如守望相助、比如防火的规矩；也有严格的禁忌，如偷、盗、乱伦。

一是舆论监督，这叫口碑。没有报纸电台，但一传十、十传百，谁忠谁奸谁好谁坏，有严格的舆论裁判，大城市有狗仔队，但乡间人人都是狗仔队。

故此，在外面当贼佬的人，回到乡下也要安分守纪，广东话“揾食行远啲（注：捞好处，走远点）”，其实就反映当时的状况；如果“唔熟唔食（注：粤语，专门坑熟悉的人）”之辈，在乡间抬不起头。在道德舆论、伦理的管理下，维持了相对合理的社会运行。

“法官”与监督。乡间没有法官，但要成为众望所归的“仲裁人”，恐怕比今日当大法官还难。一要身家清白，不但自己，三代都要清白。今日，香港上个月的丑闻，下个月就忘却，但在乡间，“历史感”特别强，咸丰年的事也记得。二要公道，行事处事判事公道，这是乡民长期观察，形成口碑；还要有知识有名望，能以理服人。常理常情，就是法律，出现纠纷，大家评理，德高望重的仲裁人就常理常情下判断，不但要口服，还问是否心服，不服可再诉。

如果两个村子出现纠纷，则请各方公认的德高望重者仲裁。用钱买通，绝对比今天少，可见人治也不简单。

假亦真时真亦假

明代的沈周、文征明都是书画名家，文征明又是沈的弟子，文征明对老师的笔墨照理是非常熟知的。

有这么一件事，一次，文征明在苏州专诸巷买了一幅署名沈周的山水画，挂在堂中欣赏，刚好他的朋友詹景凤来访，问这幅画的真假。文征明道："何止是沈公真迹，还是他的得意之作呢。"

不日，詹景凤到专诸巷，看见一人卖沈周的画，一看，和文征明那幅一模一样，不禁惊异。为了弄清究竟，用七百文钱买下，与此人交谈，才知文征明买的那画也是此人售出，是一无名画家之伪作。

詹景凤向文征明讲起伪画事，文征明硬说这是他老师的真迹，他本人还在画上题跋云云。

沈周、文征明都是大家，而且是师徒。由文征明认可并题跋的沈周作品，当然是"真迹"，如果今天还在，谁会争议？

唐、宋、明、清，都有伪作，可以乱真者都是大手笔，从艺术言，只要"好"，只要喜欢，何须执于真伪？从价值与名气言，真伪才有区别。

和珅的字可与乾隆乱真，现时流传的乾隆作品，许多是乾隆命和珅代笔，包括现有在故宫里的对联。

再有一些名鉴赏家，收了钱就把假的作真，盖上自己的大印，一言九鼎。清末就有举国公认权威，作此交易。

喜欢就好，何须论真假，况且有几人真懂真假。

优胜劣汰谈

自然界有许多法则，但最根本一条是优胜劣汰。虽然人类自以为比动物高明，但人类的贪欲远比动物要大要多，故此人会更虚伪，也更严酷地遵从优胜劣汰的法则。同时既谋利益，还唱高调。中国俗语说的，又当婊子又立牌坊。愈是聪明的人，愈爱玩这把戏。

优胜劣汰，有自然的淘汰，有人为的淘汰，“强者胜，适者存”。小至个人、团体，大至种族、国家、民族、文化、语言、风俗，都要接受考验。人类有记载以来，就是这样的进行式。近二百年来，大家知道的例子，有印第安人作为一个种族，在北美大陆被灭绝；过去吉卜赛人在欧洲；犹太人在中东，巴勒斯坦人在中东，亚美尼亚人在西亚等，也有类似命运。至于非洲、亚洲被灭绝的小部族，更不胜枚举。人都没有了，当然语言、文化也没有了。

文明也会被淘汰，世界四大文明，现今只剩中华文明，黄河长江流域的文化至今滋润，且老树生花、悠悠五千年存在，自有其独特的生命力。会从中吸收养分者，即使是点滴，也够立身存世了。

笔者当年沿长城走，过去边关的老百姓，与其说是汉人，不如说是“匈奴”血统。全世界不被同化的犹太人，在河南开封变成汉人；泉州的阿拉伯人及西北的罗马军团，也被中国文化同化。为什么会出现这种状况？

笔者没有深入研究，也讲不出个道理。再看东南亚的华人，三、四、五代仍说华语，仍过春节，清明仍拜山。过去二百年，是中国最低潮的时期，中华文明的外延生命力尚如此顽强。

“无中生有”谈

商场上讲“空手道”，指无甚资本，凭借手法、关系，技巧赚钱，颇有贬意。其实这“空手道”，应了“无中生有”这一成语。这是许多成功商人在一无所有、只有头脑及智谋时必需的进阶梯。正因为“空手”，难度更大、本事更高，何来轻视之有？

讲唐代一个历史事例。

唐安史之乱时，有唐将张巡率领三千士兵驻守孤城雍丘（今河南杞县），安禄山的大将令狐潮率四万人围攻雍丘城。张巡守城意志坚定，无奈城内的箭愈来愈少，没有箭，很难抵挡敌军攻城。苦于无策时，张巡想起诸葛亮的草船借箭，用“无中生有”计，急令军中扎千余个草人，将草人披上黑衣，夜晚用绳子慢慢往城下吊，令狐潮以为张巡要乘夜幕偷袭及突围，急命万箭齐发，结果张巡轻易获得大批箭。

次日，令狐潮知中计，后悔不已。晚上，张巡又从城墙吊下稻草人，敌军不再上当。张巡见敌已被麻痹，一晚迅速吊下五百勇士，潜入敌营，用稻草烧营。张巡乘敌乱，率部冲出。结果令狐潮大败退守陈留（河南开封东南）。

这无中生有，就是以虚的去带领实的。其表现五花八门，既可以是孔明的“空城计”，也可以“假情报”，如《三国演义》中蒋干盗书、“二战”时诺曼底登陆，以及希特勒对斯大林的“反间计”，都达到无中生有的目的。

无中生有，博大而精深，政治、军事、外交、商业领域处处可见。虚则实之，实则虚之，变化无穷，直至今天，在不同领域中仍见其轨迹。有实力者要用，没有实力者更要用。

“擦鞋”有感

吹牛拍马、投其所好，说不懂是假的，只是想不想做，值不值得做。如果无所求，见大官与平民无异，见巨贾与贫民一般。有人说很“寸（注：粤语，嚣张）”，只不过见大官没有恭恭如也；有人说很平易近人，只不过是见着低下阶层朋友，没有高高在上。

礼是讲等级的，乐是讲平等的。讲等级就一定讲差别，讲贵贱、优劣；讲平等，就一定讲共性、圆融、互补。

吹牛拍马、投其所好的本质，是通过取悦别人而获得有形及无形的利益。日前一个场合，朋友的项目开张，有高官来临，各级官员一路敬酒擦鞋，肉麻当有趣，这是官场惯例，久而久之，当高官的人也习惯了。虽然明知这是假的、虚幻的，但这种场合感到舒服，这和香港，名流们的互相吹捧一样，明知是假但好，虚伪但舒服，此为人性也。

在以功利为目的的社会，不能说吹牛拍马为坏事。其实多数人所诟病的，只是低俗，或者适得其反的吹拍。恰如其分的、高明及得体的吹拍，永远受到欢迎及赞赏。这是人性。

反思·学习·勇气

《时代》杂志把美国过去十年，称为“地狱十年”、“失落十年”，这是一种反省精神。又有文章说中国成功的原因，包括计划经济、敬老、家庭价值的肯定，这是一种学习精神。

看到别人的长处，反省自己的短处，对个人，是成功的动力，对民族，是永葆青春的内因。

孔夫子说“吾日三省吾身”，这是圣人的情操，不易学。一般人每隔两三个月、一年半载检讨自己不足之处，学习别人的长处，能这样做的人，无论修身做事，已成功了一半。另外那一半，是运气了。

一个人年纪大了，容易固执，邓小平晚年多次讲过，这影响吸收新事物，也影响反省自己的过错。人的身体，少年时代柔软，年长就僵化，死了就僵硬。草是柔软的，禾杆是僵硬的；婴儿最柔软，所以最有生命力。思想精神同样。

任何活的东西僵化了都是错的，马列主义如是，西方民主如是；英式教育如是，中式教育亦如是；佛学如是，天主基督、伊斯兰教亦如是。

僵化，无论是人是学问是制度，就失去生命力，就进入死胡同，就绑死自己，危害众生，就“死于句下”，走向反面。看人，不看别的，先看有没有反思及学习欲望。有求知欲者，自有反省能力，此为“生机”，即生命力。当邓小平讲“年纪大了易固执”时，恰恰说明他有很强的反省及学习精神。敢于抛弃错误，学习新的东西，正是这种精神开启了中国的改革进程。“摸着石头过河”，这话好就好在说老实话，走自己的路，不走别人指的现成的路。这个世界，路是自己走出来的，这叫自力更生。这是勇气。

好察非明，必胜非勇

为什么说“好察非明，能察能不察，之谓明”？这个“察”，指观察。有的朋友很精明，看问题明察秋毫，做生意数口精（注：粤语，很精明，很会算），到上海滩做过事的朋友，都说上海人精明厉害，上面这句话，对精明的朋友而言，就很重要。

“好察非明”，精明并非真正的明；“能察能不察，之谓明”，只有能精明，但又可以不精明的人，才算真正的明。这个明，不但是精明，而且是高明。广东人说一只眼开，一只眼闭。一只眼开，看得很清楚；一只眼闭，有的东西有意不看。留心，这话是对精明的人说的，正如“难得糊涂”一样，如果真糊涂，那就是“难得精明”了。

与上面这句话相对的，正有另一联，“必胜非勇，能胜能不胜，之谓勇”。真正的有力量，不一定把人家打到趴在地下，你能打赢，但尽量少打，留有余地，这才是真正的力量。这句话，对现在的美国就是对症下药。美国反恐，是恐怖分子愈反愈多，自己也愈来愈不安全。

中国文化的智慧，考虑问题、分析问题都是双向的、辩证的，故此这一文化既是最古老又是最年轻，具有适应种种形势的生命力。中国这二十多年重新崛起，并预见未来会成为全球一个重要力量，无不与中华文化的深厚内力有直接关系。可惜，大多数人未能从中汲取营养。

说政治重势

“江湖重义，男女重情，商场重利，政治重势。”这个重，是着重、看重、依仗、关键等词之综合。江湖没有义去维系，不成帮派；男女没有情去维系，实为陌路；商场没有利去维系，谈不上生意。而政治政权没有“势”，这个政权就没有了筋骨，站不起来，令不行，禁不止，变相废了武功。

这个“势”怎么解？势本身是抽象的，看不到摸不着，但又确实存在。你可以感受到，但它又随时可化虚为实，成为一种力量。正如江湖的义、男女的情，都是虚的、抽象的，又是实在的一样。

何谓势？势者，潮流也，有如水的涨潮与退潮。当潮流进退时，会裹挟着各种各样的人朝同一方向行进，不管你是愿意还是不愿意，都会随大流。

今日流行瘦，人人以瘦为美；明日流行胖，人人以胖为美，这就是“势”在审美上的体现。今日流行瘦，本来喜欢珠圆玉润者也收声，为何，不合潮流也。

势一成，比如20世纪五六十年代中国，以艰苦朴素为潮流，道德卑下者也会奉公守法，不义之财也诱惑不了他；势一去，贪污成风，品格不差的人也干坏事，法律也禁止不了他，这就像有人说的“盛世，小人变君子；颓世，君子变小人”。

为什么说政治重势，就在于从政的人、掌握政权的人，本来处于一个“造势”的优越位置，要随时注意“走势”，力求创造出一个施政的好环境。否则势一去，就很难力挽狂澜。你看，造势，势力，威势，失势，势如破竹，趋势，强弱之势，气势，势利，形势，态势……政治军事，离不开一个“势”字。势强者，怯可化勇，少能胜多，弱能胜强；势弱者，勇可化怯。

故曰：政治重势。

辑五

逍 遥 世 间

在行走中证悟

看不到无所谓，不要执着，不要否定，这是进步。

为何要读书要行路，要思考，要探索，

就是要开阔，要拉长视野，尽量贴近事实。

/

天地无情

/

当大自然发威时，人才发现自己是何等的渺小。正如人看蚂蚁，微不足道，成千上万的蚂蚁，水一冲就死去，没有感觉。当海啸一起，人们才蓦然发现，在自然的力量面前，人也如蚂蚁。

听聊天，有感而发者说以后都尽量少玩水、少到海边度假。住在海边的人，也说“牙烟(注：粤语，危险)”，还是离远点好。

其实，海有海啸，山有山崩，地有地陷，任何地方都安全，任何地方也都不安全，世上没有不变的东西。每时每刻，一切都在循环不息，这就是无常，而无常本来就是宇宙之大法规。

天地无情，宇宙万物，只按其因果、规律去运作，没有好坏，不过是“顺之者昌，逆之者亡”。

能量积聚到一定程度，就要爆发，地球上火山、地震、山呼海啸，就会出现，可能十年、二十年、五十年，来一次；能量积聚万年、十万年、百万年，可能就来一次地壳的重新变动，山河大地再造乾坤。当你走到西藏高原，当你航行在太平洋中央，这高山及大海再造的时候，是何等的力量。这一转动，可能任何生物都完结，假以万年，又安定下来，又再开始新一轮的循环。

故此，不管你多富有、多有才华、多有权势，不要把自己看得太重要，因为你只是沧海一粟；同样不管你多穷困、多潦倒、多倒霉，也无须妄自菲薄，因为你是宇宙一分子，包含着天地之元素。

人将谦卑与尊贵合而为一时，才能在天地间获得自由。

内敛、纵横

月前和朋友到陕西黄陵，看那数千年的古柏，感慨油然而生。

香港开埠一百五十年，湾仔的百年榕树已是古物，因为雷电风火、死人塌楼，任何生物过百年，已是造化。千年古柏，三千年、五千年古柏，吸日月之精华，感天地之造化，仍挺拔着，谈何容易。

说中华文明五千年，坦率说，非二三百年历史的民族可以理解及领悟的。文化、文明、主义、学说、意识形态，都有生老病死。佛教、道教经历过二千五百年了，仍有生命力。二百年的寿命，很难理解二千五百年，并非歧视，而是夏虫不可语冰。

作为国人，不要轻视自己的文化，开口守旧、保守，那是折福的。

有人说中华文化的内敛是其长寿的原因之一。历史上扩张的民族，往往因能量过度消耗而一蹶不振，马其顿、蒙古均如是。成吉思汗的骑兵横扫欧亚，故土却成千年荒漠。

中国人是“纵向”的民族，讲历史、讲传承、讲积聚，目不识丁的农民，孝父母、育后代、拜祖先，就是“纵”的传承，就像唐人街的阿伯，在餐馆挨，供台山的儿子当二世祖，他的血液中就继承了“传宗接代”，这就是纵向的传承。

相对而言，西方人更重视“横向”，重视纵就重视积聚，而重视横就热衷消费及享受。

/

生死观

/

20世纪二三四十年代，中国有一位大修行人，叫印光法师，陕西省人士，晚年住在苏州的灵岩山。他修持净土法门，在当时在今天都有很大的影响。他的房间挂了一个大字，不是“福”，不是“寿”，而是一个“死”字。现代人一听，一定说“大吉利是”，避之则吉，最好连提都不要提，怎么挂在墙上，朝见口晚见面(注：粤语，低头不见抬头见)，什么好运都走了。

这是一种颠倒。印光大师的过人之处，就在他敢于面对死亡，参悟死亡，超越死亡。坦率说，真到这一地步，才是真的“福寿全归”了。不能面对，骨子里是害怕及恐惧，但别的可以逃避，生老病死无法逃避。愈是掩盖愈是逃避，一旦面对时，问题就大就严重，就如鬼影缠身，噩梦中的苦痛，因怕死而被吓死者，还少吗？恐惧，是疾病的主因。怕病、怕死、怕老、怕失业、怕被人议论、怕不漂亮、怕被人看不起、怕无钱、怕生癌症……现代人以为这些怕是天经地义的，试图认识这些“怕”是否有虚假成分，正如梦中被人追杀，真的怕，紧张得出冷汗，醒了才发现原是虚妄。

既然人人怕死，为什么不去试图了解明白、参悟？其实人一生只有两样东西，一曰生一曰死。而对另一半根本不谈，你以为这是明智的吗？黄霑兄近年很有兴趣参悟生死，尽管未到，但已洒脱得多，也轻松得多。

/

逍遥谈

/

要身逍遥，先要心逍遥；心逍遥，就不能被财、权、名、色绑住。因为心一被绑住，就等于自进牢笼，自我禁闭，逍遥不起来。不被绑住，不等于说不要，因为财、权、名不是坏东西，被绑住才坏。

财是资生之物，生活在香港这样的大都会，“无钱万万不成”，这是对的。如果你无米落镬，无钱交租，孩子上学愁学费，或者门前有债主，你的心能安吗？你逍遥得起来吗？所以要有钱，这不是给别人看或者炫耀，而是资生所必需。当年智者大师（天台宗祖师）就讲，修“止观”的条件之一，要有足够的生活资粮。因为只有这样才能“安心”，你连心安不下来，愁着明天“那条数未交”，那你还是老老实实去赚钱。智者大师是不作空论的人，他知道百分之九十九的人是普通人，心被外境牵着走。故此，他提倡要有“资粮”。

但一讲赚钱，又掉进无底洞。“人生有限，赚钱无限”，把有限的生命跳入无限的钱海，怎能逍遥？权海、名海、欲海，亦复如是。不反对入，但要能出。能出一点，就潇洒一点。

庄子“逍遥游”，无拘无束，心无挂碍，是一种生活态度，也是一种世界观及宇宙观。老庄哲学讲不难，行难，但不身体力行，永远不了解其真谛，不知其妙不可言处。放不下就跳不出，潇洒不起来，更遑论逍遥。

中央电视台《百家讲坛》讲庄子，朋友提问题，以此为答。结论自下。

“冷”

8月20日，星期六，早上七时半到中台顶，气温在摄氏二度。穿两件单衣，山风呼啸吹来，牙骹不由自主格格作响，顶上的僧人给笔者一条棉被，裹在身上。

今年天气特别热，广东、上海、北京热得冒油。8月23日是处暑，这个台顶竟是二度，午夜更是零下。世间事就如此，千万别自以为是，更不要轻易以自己的处境及见识去涵盖一切。

台顶有仪式，有尼泊尔僧千里送来文殊像。尼泊尔传说是文殊开辟之国，他们对五台山很敬仰。

笔者一人披着棉被，看那千年亘古不变的群山，延绵而去，直濒东海。当年唐代有一位诗人，登上高山，有所感触，吟“前不见古人，后不见来者，念天地之悠悠，独怆然而涕下”。

在宇宙苍穹下，在万籁无声的高山上，人会自感卑微，因为在时间、在空间，短暂的人生与无限存在一比是那么的渺小，自大即无知。

但唐代那位诗人，恐怕性格是趋向悲观。笔者到山顶，感受与他相反。二千年来，许多前人在此流连，每个人的感受不同，但在根本点上是心心相印的，后来者也同样。当你与历史的长河有了联结，并跳下去时，孤单就变为不孤单了。

/

游走随笔

/

中国佛教有四大名山，是四位菩萨的道场。观音在普陀、文殊在五台、普贤在峨眉、地藏在九华。这些年因集中学习文殊法门，主要到五台山。九华山数年前到过一次，普陀及峨眉未到过。本来去的机会很多，只想一门深入，一门未搞通不想到处走，何况一通百通，一山通天下山。

世界各地更少去，英国因小孩读书，一年总得来一次。至于欧洲，大乡里，除了巴黎住过几天，其他地方未到过。有朋友在希腊爱琴海买了个小岛，当其岛主，这次邀请去小住，抽得空去看看。

笔者猎奇，出外不在乎好吃好住，而在乎新鲜新奇。在西南少数民族的寨子里转，很有兴趣，晚上一边烤火一边喝米酒，领会民风、民俗、民情。

刚从维多利亚和阿尔伯特博物馆回来，那里收集许多中国的陶瓷及菩萨像，所以才提起四大名山及四大菩萨。其实四大菩萨，就代表了佛陀的四大法门：大智（文殊）、大悲（观音）、大愿（地藏）、大行（普贤），这加起来就是佛陀。四个法门互相联系互相渗透，所以才有一山通四山之说。不但四山相通，而且天下名山均相通；不但山相通，水亦相通，就如我们的身体，处处无不相通，无不牵一发而动全身。这不仅是佛家禅家如是看，就是洋和尚、中东的回教修士，一旦他有所明白，也会同意这就是头头是道。

朝雨潜龙轻出海

从昆明飞芒市，再从芒市乘四小时夜车到腾冲。在芒市机场恍惚到了泰国，异国风情，这里是傣族与景颇族聚居之处，傣族与泰北山民是同一族。腾冲是火山区，明代著名的旅行家徐霞客曾在这里住过一个月，留下三万多字的游记，特别是对火山的活动有记载。

在昆明走了一转滇池，昆明的西山，沿绝壁刻出一条栈道，观滇池，为一绝。滇池是云南之灵气所在，明朝称八百里滇池，到清朝称五百里滇池，到现代称三百里滇池。这个中国第六大湖泊，三百多年少了近三分之二；原因是填湖造田，现在政府提出还田造湖，并动用巨额资金保护滇池的环境，但要假以时日。

西山栈道上高处有龙门，此谓鲤鱼跳龙门，从黄河流域转到云南，过去实行科举制度，魁星高照、独占鳌头者都到此企求。

有一联颇有意思，“举步维艰把脚跟立稳，置身霄汉宜心境放平”，借境寓意，登龙门的石梯很陡，要小心翼翼、脚踏实地，暗寓功名路上的艰辛；当身临绝顶时，要心境放平，寓功成名就、身在高位时，不可得意嚣张。还有一句“朝雨潜龙轻出海”，滇池的龙王是潜龙，如何轻出海，搞不懂。

云南位于横断山脉，交通不便，公路造价比内地高数倍。从昆明到芒市，飞一小时，到埠以为到了泰国，再转夜车四小时方能到腾冲，这里保持着边城风貌。

旧时云南人到上海，要从越南假道，一国之内交通要借道外国，可见云南的“边陲”特色。

青山独行

夜宿清凉桥。有康藏来的活佛在此闭关，刚结束。晚上有围炉喝茶，告知曾到印度修行十五年，有机会跟康藏及在印度的大修行人学习，对格鲁派法门基本掌握，并有所证悟，交谈中知所说非虚。九十四年前，高鹤年在五台与藏僧对谈有云:“人之在心，犹鱼之在水；鱼之在水，果知水乎？鱼能知水则龙矣，人能知心则圣矣；故百姓日用而不知。呜呼！人为万物之灵，生既不能知，死又岂知乎？可不痛哉。”此藏僧在北京住过，汉文极佳，两目有神且内敛。问:“到过港否？”答:“未。”问:“何解？”答:“修行人非江湖卖药。”

次日早起，独自下山，先翻过大风坳，年前曾有清凉寺僧在此被吹下山，摔断脚，再三嘱咐牢记走右边小径，再翻一山坳，可见凤林寺，要“撑起眉头，放开脚步”。如迷路，沿原路折返清凉桥，电话在这里已作废。

而笔者就打定“努力向前，切莫回头”的主意，迷路就找路，山中风云突变，时雾时雨时雷，时晴朗如中天，时昏黑如午夜，但到山中就是寻感觉，何惧之有？

但这天，蓝天白云，山花遍野，空无一人，寂寥山林，时有山泉，时有怪石，亦有松林，松林小路松针盈尺，似“千山鸟飞绝，万径人踪灭”的境界。

“独自”有人质疑，但任何令身心投入的事都是孤独的。如认真研究、听一首乐曲、看一张画、看一出戏，包括提笔行文。而读天地这本书更如是，只能进入极静的状态，才能与之对话，产生感应及有所领悟。

夜郎自大说

那年经过贵州夜郎地区，当年的夜郎国，留下了“夜郎自大”的成语。

到了夜郎，明白为什么“夜郎自大”。云贵高原，大山连绵，贵州“地无三尺平”，交通极为不便。正因为对外面的世界不了解，把自己周围看作是一切，于是自以为是、自我膨胀，自以为“老子天下第一”，结果夜郎国被中原荡平了。清末的中国也是“夜郎自大”，对外面的世界不了解，也不屑了解，以为“天朝第一”，结果在西方的船坚炮利下一败涂地，几乎重陷夜郎国的覆辙。所幸地大人多，没有一个列强能把这块肥肉独自吞下，赖于中国文化顽强的生命力才有机会败部复活。教训不可谓不深。

夜郎自大，不在于资讯发达不发达，而在于头脑是否狭隘，在于眼光是否短视，在于自视是否过高。而通常一个社会财富积聚、诸事顺遂后，夜郎自大就会出现。特别是一个浅薄的社会文化群体，更容易自觉不自觉地变为“夜郎”，自我陶醉，到时“死了还不知怎么死的”。

中国文化有较强的“忧患意识”。忧患意识与向诸内求、回光返照均是克服“夜郎自大”的良药。

开放的头脑，广阔的心胸，远大的目光，不执着自己的成就及过去，相信及正视“变幻原来永恒”，看到自己的缺点及不足，但自信地面对困难及将来，努力上进。这就是自强不息，成败不论，但不会沦为夜郎国。

无料还当自己有料，会成为被嘲笑的对象。

湘行杂谈

这些年到湖南的机会多，曾到浏阳看过谭嗣同的旧居，也去看过曾文正公的墓。曾氏被称为清代的中兴名臣，对现代史的影响很大，特别是对20世纪的中国政治人物及知识分子。蒋介石不必说，连毛泽东也说“独服曾文正”。曾氏后人多，但曾墓颇凋零。

左宗棠的墓是花了半天时间偶然找到的，左公因收复新疆之功，他的墓为省级保护文物。这些风云人物，去世不过百年。

清末民初，直到20世纪30年代，还有“名士”，现在则连这名词也少有人知道了。名士，是过去有功名、有学问、有名望但不入官场，也不涉商场的一种人物。带有传统士大夫的清高，又有点恃才傲物，合则留，不合则去，有时也周旋于实权者之间，解忧排难。

名士传统既有诸葛孔明，隐居于南阳；又有张良功成身退；又有张仪、苏秦纵横家的影子，是一种综合体。

直到20世纪在上海的王壬秋，湖南湘潭人，就是当年大名士。曾国藩办湘军时，曾、左、李均对他执礼甚恭。他曾暗示曾打下南京后，推翻清廷。他诗、文、画均上乘，在京城及上海文名远播。他的湘潭同乡齐白石，到北京后郁郁不得志，后拜王门下，经王一评点，马上声价百倍，成一代宗师。画好，还得有人捧。

后来的柳亚子也是名士，诗写得好，与毛泽东结交。清代的大官均有幕府，包罗各种人才，作决策参考。名士已随科举取消，已成过去，清流精神也少见了。

无题

前两年在内蒙古的赤峰，草原与沙漠交织之处，近黄昏，天苍苍野茫茫的荒原，落日，有一种凄美，升起一种欲望，“走进沙漠，走进寂静”。对朋友说：“我走走。”

一个人骑着马走进沙漠，身后传来蒙古朋友的话：“别迷路，认住这敖包(敖包是土堆，佛教祭祀用,《敖包相会》是著名民歌)。”周围杳无人迹，只有黄沙在马蹄下作响。

慢慢地向前走去，没有想什么，但一种远古的呼唤、地老天荒的寂静仿佛进入身体，在心中、在体内回旋。

一位朋友从大城市到新疆放了三年羊。三年期间，除了羊群外，与大自然交流。他对笔者说，在寂静中与孔子、老子对话，教化了他。他说大智慧存于空间、存于自然，当你真的静下来，你可与他们沟通。那三年，朋友无师自通，开了窍，许多学问，如瀑布注入。

这些话，笔者是相信的，也曾有过类似经验。

朋友后来回到大城市，天天想着赚钱，灵气就慢慢失去了。骑马回到扎营的地方，天已齐黑，满天星斗，走了整个钟头，感觉只数分钟。

夏天，雨频频，山中的溪流瀑布畅流不住，山仁、水智。夏天，山水交融，仁智互通。港岛山中，也有人迹罕到之处，常去的所在，瀑布冲身，十年未见过人。

寂静与孤独，人才会回光返照，回光返照，才能看到本来面目。回光返照者，用智慧之光反观自性。

凡尔赛宫谈因果

在法国凡尔赛宫参观时，直接感受到因果循环。法王路易十四的奢侈及权势，实为1789年法国大革命的催生婆，把路易十六推上断头台。《红楼梦》中“福不可享尽，财不可发尽”，权不可用尽，势不可使尽，妙在那个“尽”字。何谓“尽”，尽者，完了。

这正是中国文化中的“留有余地”。留有余地才可长长久久、取之不尽。但留有余地并不排斥“有风驶尽艃”，有风驶尽，是“对机”，风向一转就随之转轪。现在的政治人物很怕人说“转轪（注：粤语，转变立场）”，其实关键不在于转不转轪，在于是否应转轪？这轪转得对头否？

为官为钱为利而转轪，为人鄙视；时移世易的转轪叫“与时共进”，叫“识时务者为俊杰”；做错了看错了，敢于转轪，为迷途知返，叫勇于承担，敢于纠正错误。

邓小平在“文革”后，抛弃错误路线，就是历史性的转轪，从而开创一片新天地。

因与果的关系也是互相渗透的，因中有果，果中有因，昨天的因，今天的果，今天的果，明天的因，不要把因果分为两截。

今日的疯牛、癫猪、毒鱼……在于人类为求利润，滥用化肥；今日新奥尔良水灾，在于不修堤坝；黄河变黄，在于上游伐木……因果环环紧扣，丝毫不爽。但眼见有“恶因出好果，善因出恶果”，何解？

答，因果之后还有“缘”。缘者，时机、条件。人生短暂，只是镜头一幕，未必看到完整的前因后果。就如路易十四在享受之时，看不到后世被送上断头台，这要用智慧去观照。

悦城龙母，母仪粤西

到高州看了冼太夫人，再到德庆悦城去谒西江龙母。悦城属德庆县，位于西江转折处，三江汇合，地势奇特。有龙母庙，乃粤西沿江重要庙宇。

史上多位皇帝均有对龙母册封，传说明太祖朱元璋还亲祭，宋代著名清官包拯曾任肇庆知府，上任离任都来龙母庙拜祭，过去到广东的封疆大吏，都习惯到此上一炷香。

龙母如天后如冼太夫人，实有其人。传说出生于广西藤县。西江大水，此幼女乘一木盆，漂流到悦城，为悦城渔人梁某养大成人。她以女流之身，成为当地首领，率领民众整治西江，保一方平安，得万民拥戴，被认为是龙母化身，千年享用民间香火。

沿海的天后娘娘是海神，西江悦城龙母是河神。

龙母庙占地恢宏，前面有大广场，码头有大石碑，上刻“圣旨”，文武百官到此下马落轿。每年正月，人山人海，周围道路水泄不通，千年如此，成为习俗。有云龙母“照远不照近”，港粤及南洋各地，求官求财者络绎不绝。每年西江大水，水到龙母庙前广场，多深多浅，都有说法，泥沙去留，都有讲究。龙母坐镇，保生灵保平安。

天后、龙母、冼太夫人，均为女性，而被封神。母性慈爱，亲黎民如幼子，暗契观音救苦救难。观世音菩萨，与东土缘深，现女身，既抚慰女性之苦，亦以母性慈悲，闻声救苦。故自汉唐以来，东土“家家观世音”，无论真信伪信，危难之际，叫菩萨救命者众。世人误解，重男轻女，实则佛法极重母性，般若佛母养育万物，母仪天下。

秦时明月汉时关

周六飞北京，或许到内蒙古一趟。出了长城，叫塞外，民间叫口外。这个口也是长城的关，如张家口、古北口……有“塞外”但无“塞内”的称谓。长城外的人，称内地为口内。

今日的长城已变成历史及文化的遗迹，但在冷兵器时代，长城或者城镇的城墙，是安全保卫的重要屏障。北京的九门提督，把北京的九个城门一关，那就控制京城。故九门提督官不大，但地位重要，是皇帝钦点的亲信。现在人们常讲到的和珅，其人除了是军机大臣外，还兼任北京的九门提督。乾隆驾崩，继位的嘉庆要收拾和珅，最重要的一招，就是要和珅为乾隆“日夜守灵，不得擅离”，削夺了他九门提督的地位。雍正的舅父隆科多，康熙治丧时提督九门，卫戍京师，否则雍正未必能即位。

明末，李自成攻入北京，坐上皇位，本来是又一个皇朝开始。怎晓得镇守山海关的吴三桂，传说因爱妾陈圆圆被李自成的部将刘宗敏抢去，“冲冠一怒为红颜”，大开山海关大门，引清兵入关，结果改写了历史。

可见长城及城墙的关口，在漫长的中国历史中的重要地位。故笔者爱走边关，爱登城楼，年轻时就曾在雁门关的烽火台上露宿，月色下残破的边关，是使人“开窍”的地方。

西望长安

西安，古称长安，是中国六大古都之首。秦始皇、汉高祖、李世民，秦、汉、唐均定都长安。中国人讲究用词准确，能称上古都者，是一统天下的朝代的首都，此外中国还有些古城是作为首都的，比如成都是蜀国首都，广州是南越国首都，大同为北魏京城……但这些都是偏安的小国，未曾统一江山，只能称为古城或者名邑，上不到古都的层次。

真正称得上古都的有六个，西安、洛阳、开封、南京、杭州、北京。这六大古都曾是一统天下朝代的京城。

西安，有人说是最古朴的城市，至今还保存完好的城墙。北门“玄武门”，就是唐代玄武门李世民兵变夺权之地。城中有钟楼、鼓楼。城内不准起高楼，标准是不能高于城楼。鼓楼旁边，是近十万回民聚居地，有唐代的清真寺。回民的祖先是从西域来长安经商及帮助打仗的士兵的后人。城内的大兴善寺，是“开元三大士”来华的驻地，也是日本遣唐使（留学生）空海学习之地。地名有未央区，即原来未央宫所在；阿房路，是阿房宫所在。唐三藏回国后是在慈恩寺翻译经文；兵马俑只是秦始皇陵墓前一小部分，已有千军万马气势。秦皇墓主要部分未见天日，武则天的陵墓同样，这里有许多秘密未破解。

从潼关到宝鸡，从西安到扶风，这里叫八百里秦川，也称“关中道”。这里是中华文化的摇篮之一。所谓关中文化，关中大儒，古朴而厚重，雄迈而洒脱，与黄土高原互相辉映。

城，政治味，帝皇味，北京城、西安城；市，商埠，集市，上海市、天津市、广州市；

镇，军事要地，驻兵的地方，武汉三镇。

长安城，一代风流之地。

/

茅山

/

茅山在江苏省句容县，这山本来叫句曲山。话说西汉初年(二千多年前)，陕西咸阳一位道家修行人叫茅盈。他酷爱采药炼丹、修真养性，十八岁入北岳恒山修炼，悟道后返家，远近称为“茅神仙”。

茅盈两个弟弟均做大官，次弟茅固为武威太守，三弟茅衷为河西太守，显赫一时，但均辞官追随大哥学道，也得道成仙。

茅氏兄弟住进江苏句曲山，奇迹神行，呼风唤雨，救济百姓，成为当时东南数座知名的神仙山，人们以茅山称之。

茅山派主修《上清经》，精符咒，重行动，有呼风唤雨、撒豆成兵之秘技，而中医学之符篆派多从茅山演化。于是千百年来，成为道家一派，以茅山道士闻名。

茅盈三兄弟被称为大茅君、中茅君、小茅君，合称“三茅真君”。其庙观在南方多省均有，香火甚盛。由于三兄弟所在地有别，现也有上茅山、下茅山，分成很多支派。

茅山一脉现在还传承，包括香港地区、南洋、美加均有，但有心学者应到茅山去祭祀祖师。

茅山派代有传人，宋代有白玉蟾者，身兼上下茅山两派祖师。他是海南岛人，道家的雷法在他手中发扬光大，现在的神霄派、清微派都与他有关。据说宋理宗时，白玉蟾在宫中，呼风唤雨作雷鸣，朝野轰动，被封为国师。

茅山现有崇禧、元符、九霄三宫，以及乾元、玉晨五观。三茅真君受到供奉，悠悠过千年矣。而茅山道士的神秘，古有传说，而今更通过影视，百姓虽未见也耳闻。

陕西山川

陕西人说秦岭是划分中国南北的山脉，以北是北方，以南是南方。秦岭的主峰叫太白山，海拔3500米。在太白山山脚住了两天，没有进山，山上是原始森林，进去要有向导为宜。汉中市在秦岭南，北京时间就是汉中时间，汉中人说他们处于中国的圆心。

秦岭、终南山、华山是陕西著名的山脉。终南山自古以来就是佛道两家隐士避世之地，至今许多修行人在终南山结庐独居，求证悟。屋前有“禁语”二字，平时不讲话，只用笔墨交谈。在山里自给自足，与大自然相守。

古时有“终南捷径”一说，因为有皇帝喜欢到终南山寻求世外高人，于是有名利之徒，借遁入终南山扮隐世，其实是急引官家注意。入山是为出山。

任何事物都有真伪，特别一旦“走红”，模仿、以假乱真就生，连入终南山修行都有“终南捷径”，何况其他。

华山，因武侠小说而为人熟知其名。华山离潼关不远，而潼关乃陕西之门户。关公是山西运城人，本不姓关，流落潼关以关为姓。山脉收窄，为一险要关隘，加上黄河屏障，潼关乃中国历史上举足轻重的要塞。年前，朋友一马匹求名，笔者刚好在河东游走，拜完关公故里、吕洞宾老家，随口以“风陵渡”为该马之名。风陵渡，一鸡鸣而三省闻，黄河边一著名渡口也。此名有侠气。

三百多年前，李自成兵败，率十八骑逃出潼关，进入商洛山。潜伏之后再起，就率百万雄师入北京。怎晓得进入北京后，紫禁城宫殿里坐五十多天，就再做流寇。大起大落之命，无过李闯王。

上海往来

上周五飞往上海。离世博一百天，各方在紧张准备。2008年北京奥运，2009年国庆六十周年，2010年上海世博，连续三年冲刺，今年上海将光芒四射。

20世纪90年代初，邓小平刚批准开发浦东，上海刚起步，本栏看好，笔者也身体力行，投资上海的房地产项目。那时徐汇区的古老小洋房大约一二百万便可买到，今天已是天价了。

朋友是老上海，也是本栏老读者。十多年前能读到港报者，职位不低，他对笔者开玩笑："我们上海人自己不乐观，怎么你能看到？"

两个原因，一曰地缘政治，二是历史轨迹。

上海处于长江三角洲的箭头，江苏、浙江两省，为中国最富饶、人文修养最高的地方，长江上连华中及西南，联南北通东西，为中国的牛鼻子。从重庆、武汉、南京，长江把物质及精神的精华荟萃上海，内连大陆，外放国际，翻开中国地图，经济潜力无出其右。邓小平开放深圳、厦门等四个特区，但把上海紧握不放，这是因为特区"试验"失败了，也不影响大局，但对上海不敢造次。当试验成功，才放上海猛虎出山。

从历史轨迹看，这不是第一次，而是第二次。1840年鸦片战争后，中国对外开放，是以香港及广州为主，然后北移，厦门、福州、上海、天津、青岛、大连，当时上海是其中之一。但北移到大连、旅顺后，反过来上海迅速大放光芒，短短几十年，成为东方第一都会。在1920年前后，成为世界级大都市，尽管当时的中国仍是积弱、被列强统治的时代。广州、香港，一下子被抛诸身后。

地缘政治及历史轨迹都决定上海的地位，今日只是回归正常。

一个地方发达，必然是人才及钱财聚集，今日上海不正是汇聚全球人才及钱财吗?

重走唐僧西行路

公元628年，这一年是唐太宗登基的一年，盛唐的序幕正拉开。长安城内一位二十八岁的僧人，为经典缺乏而焦急不安。当他知道大量的佛经未翻译为汉文，当他知道印度的那烂陀寺法座盛，“唯识学”及“中观”的权威在印度，一股强烈的冲动促使他踏上征途，到西天去取经。

这条路有多远、有多难，他没有想过，他只觉得追求真理的火焰，即使把他的躯体烧成一缕香烟，他也要去。这就是人称唐三藏的玄奘法师。

《西游记》把唐三藏描述为弱不禁风、是非不分的弱者。殊不知这位唐僧胆识超凡，一个人踏上西行的征途，过沙漠、雪山、火焰山，穿过今新疆、哈萨克斯坦、塔吉克斯坦，南下翻越帕米尔高原，直到巴基斯坦、阿富汗交界，今日拉登藏身处；到北印度，穿过一百一十个国家（当时），强盗、缺水、迷路、雪崩、关押……历尽艰辛。

玄装在印度勤奋学习，后来成为全印佛学宗师，“名震五印”。唐僧去国时，唐太宗登基，为贞观元年；返国时是贞观十九年。二十八岁出发，回到长安时已四十六岁。但他带回了六百五十七部经典，唐太宗要他还俗当宰相，被婉拒，开始了译经生涯，为汉地佛学奠基。直到今时今日，即使不甚了了的朋友，也会说两句话“空即是色，色即是空”。这两句话，正是玄奘翻译的《心经》中两句。

中国历史上有两个人被联合国选为世界文化名人，一为孔子，一为玄奘。

国内民间及政府正组织“重走唐僧西行路”的大型活动，从西安走到印度的那烂陀寺，重越葱岭，再涉流沙；中央电视台及广东电视台，近百集的电视追踪。

铁门关怀古

铁门关，为二十六名关之末，扼南北疆之通途，环回大山中一条路，一夫当关，万夫莫开，丝绸之路的必经之地。库尔勒之所以重要，除了它是沙漠边的绿洲，更重要的是其地理位置，既是要道，又是险道，这么一来，就成为兵家必争之地。

在以大刀、长矛、弓箭为武器的时代，地形是决定性的；古代的军事家，都是地理专家，对山川形势了如指掌，方能行军布阵。

当驱车前往铁门关时，看着两旁寸草不生的灰色山峦，如张牙舞爪的怪兽，路很窄，延绵数里，到最窄部分，雄关耸立，这铁门关，已有二千年历史了。公元前200年就建关，千年的战火，毁了又修，修了又毁，而今飞机大炮的年代，雄关已不复借用，但这是历史见证地，可寄托怀古的幽思。

这条路，这个关口张骞走过，开辟丝绸之路；班超走过，率领大军征西；唐三藏走过，到西天取经；左宗棠走过，平定及收复新疆，其部将湖南人刘将军在此关大战阿富汗军，获全胜。

1949年王震率解放军入南疆，也是走这条路。但这条路如今封了，因太窄、太崎岖、太难行，过了铁门关不久，旧路已湮灭在荒凉之中，因为今日没有人步行了。

唐诗中有边塞诗人，其代表人物岑参，就到过铁门关，并在城头题诗。边塞诗人充满阳刚之气，勇敢雄迈，开拓边疆的文人，他们随军旅西征，留下唐代开拓边疆的诗篇。人在旅途，记性又差，原诗记不清，但照耀无际的荒原上的月亮，其光辉既照古人又摄今人，令边塞的朔风，虽然刺骨但令人精神抖擞。

午夜锣鼓

睡梦中，被锣鼓声及鞭炮声吵醒，怎么这么快就天亮了？预定六时起床，七时半，地理师选好的时辰，新修复的宗祠就举行开幕庆典，一看表，才半夜十二时半。原来一班村里后生，筹备工作多时才吃完饭，喝了酒。反正凌晨三时，第一条龙队就要起动，干脆不睡，敲起锣打起鼓，十二时半就放鞭炮把群山的静夜打破，告知乡亲父老，大家都别睡，尽管放肆；六十年才一趟。

乡间宗祠，明朝中叶初建，据说原来八姓聚居，祠堂落成后，敝姓一统天下。今人眼光，讲“姓氏”，讲人口繁盛，愚昧老套，但在百年前的乡间，这是“正宗”，正如今日讲女性“瘦比肥”靓。同样，宗祠的破落、起落、火烧、重建，谁人主事，谁人看风水，哪位是木匠，哪位是水泥匠，均有详细记载。咸丰年间，太平天国余部曾烧宗堂，1928年，红军到闽西，也曾进驻……总之从明到清，到民国，宗祠的事记得一清二楚。康熙年间的进士，乾隆年间的举人，凡为乡间争大面子的人，立有石桅杆昭示后人。

上次重修是1947年，迄今整一个甲子。六十年的风雨，宗祠不但破落、残旧，甚至面临倒塌的命运。一片颓垣败瓦、朽木破窗，在寒风中苦苦地支撑。

奇怪的是，中国人能填饱肚子，有了点钱，就会想到修祖坟，进而修宗祠。这一代乡间人既未读过孔孟之道，也不懂得什么叫“慎终追远”，但都在自动自觉做。

新宗祠落成，据说比六十年前的更辉煌，进士、举人的石桅杆有“文革”被推倒、被弃置的，现时“发动群众”去寻找，重新竖立。

凌晨三时，舞龙队舞一条长龙到。在声声助威中，山上林中各处都要走一趟，告知列祖列宗，新的宗祠将会今天开张，而周围的亲房都数以千计云集，会出现六十年未有的山中盛况。

后生们十二时半敲起锣鼓，被惊醒的人都谅解。

魁星，龙门，鲤鱼

家乡的祖祠重修，有专门供“魁星”的地方。这魁星手持朱笔，胸有明镜，祖辈传得活灵活现，被认为是保佑读书人的神祇。

在科举时代，学而优则仕。乡间的穷小子，只要在科举中露头角，中个举人什么的，是一登龙门，声价百倍。故这魁星菩萨像遍布全国各地，受到学子顶礼膜拜。云南昆明的八百里滇池，旁有龙门山，高于滇池三百米，最高处有石刻魁星，像高四尺，两旁还站有文昌帝君及关帝。这个“魁”字，与“奎”同音。奎星为二十八星宿之一，古代研究天文，认为是主管文运之星，同时“魁”又有“首”的意思。

真正的龙门，在陕西韩城县与山西河津县之间，黄河在中间奔腾流过，气势万千。传说成千上万的鲤鱼在龙门前过不去，如能跳过者，即变化为龙，跳不过的还是鱼。鲤鱼跳龙门，“一登龙门，声价百倍”。

明清时科举试场，考场正门就叫“龙门”。北京的贡院是明清两朝的中央级考场，除了正龙门外，里面还有“内龙门”、“第三龙门”，贡院对面的一条胡同，就叫鲤鱼胡同，当然是暗寓“鲤鱼跳龙门”之意。明清以来上京考试时，都想住进鲤鱼胡同的客栈，广东人康有为、梁启超，河南人袁世凯都住过。

贡院自古文气盛，今日还是中国社会科学院所在，鲤鱼胡同前几年还有，如今拆了没有就不知道了。

民间神明的启示

中国的民间信仰，除了全国性的如关公、观音外，亦有地域性的神明。比如妈祖（天后娘娘）流传于东南沿海，香港有天后庙，台湾更是天后庙遍布全岛。前一段有人要把妈祖像抬到纽约，支持“入联公投”，想必妈祖啼笑皆非。地区信仰的神明，比如粤西的冼太夫人，笔者日前到高州，专门到冼太夫人的庙谒拜。而粤东五华长乐等地，有“谢圣仙娘”的信仰。有多间庙宇，香火很盛。

黄大仙及车公，则是香港两位被膜拜的神明。黄大仙来自江浙，在广东罗浮山修行过，但真正广受信众香火，被认为“有求必应”是在香港。春节将临，年三十晚到黄大仙上头炷香，人山人海，成香港一景。车公，也是在香港封神。

全国各地、大邑小乡都有不同的民间信仰，形成了地方化的神明。千年以来，不同的文化与习俗，融入当地特色。济公和尚，生前在杭州及江浙一带活动，故那边济公影响更大；泉州、厦门一带，有一位唐代禅师称为“三伯公”的庙宇很灵验，随移民带到东南亚华侨社会，也形成一种信仰。江西龙虎山，有张天师；湖北武当山的道教宫观；东北乡间的众多“大仙祠”。陕西的药王庙，黄河风陵渡的河神，吕祖、洞庭湖的湖神，山西的杨家将、穆桂英……太多了，数之不尽。所举的是到过，知道皮毛的更多未到过，不知道的，十辈子都走不完，人怎能不是井底之蛙。

辑六

纵 浪 大 化

从他人的成败汲取力量

凡事，久则淡，淡则变，变则疑，疑则真伪莫辨，终乃至于忘怀，

成败兴衰尚且如是，其他的更不用谈了。

历史故事中，隐然显现世代变迁与人物造化的轨迹。

/

墨子的话

/

看书，墨子有句话说得好："君子不镜于水而镜于人；镜于水见面容，镜于人知吉凶。"墨子时代没有镜子，人在水中照镜。这段话很受后人重视。到了唐代，《贞观政要》专行记载了唐太宗谈魏征的言行，这段话改为："以铜为镜，可以正衣冠；以古为镜，可以知兴替；以人为镜，可以明得失。"

以历史为镜子，可明白时势的盛衰变迁，明白潮流的转动。太阳底下无新事，你会发现尽管变化万千，但规律及轨迹是不变的，所谓万变不离其宗，就是这个意思。这是从宏观而言，故此，许多政治人物对历史有浓厚的兴趣，就在于他们想"以古为镜"。

但从微观言，我们就可以人为镜。何谓以人为镜，一是以人家的优缺点为镜，以人家的成败得失原因为镜，从中可以汲取很多养料，一个肯学习的人，到处都是学习的镜子；第二，以别人对人对己的态度为镜，大可明白人性的种种，自可明白"得失"。

墨子的话，流传不多，但这句话值千金。

读史有感

评价历史是算大账，不算小账。哥伦布发现新大陆，奠定了历史地位，至于他是骗子还是强奸犯，这不重要，他航海的本来目的，也无人关心。

李世民玄武门兵变，杀兄夺权，迫父亲退位，但他建立唐朝盛世，国运鼎盛，唐太宗名垂千古。历史不讲私德，只讲国运。

明代开国皇帝朱元璋的对手陈友谅，当年有雄兵数百万，战将、谋士如云，拥半壁江山，气势如虹，失败了，今日有谁知陈友谅?

历史没有如果，只有结果。明朝的确是败在李自成手下的，李自成已进入北京，坐上金銮殿，逼死崇祯皇帝，吴三桂也准备归顺。怎晓得连串巧合，吴三桂打开山海关，让清兵入关，结果成就清朝二百多年帝业。李自成辛辛苦苦打天下，清朝冷手执个热煎堆(注：粤语，不须努力而意外地得到好处)，所以说，没有如果，只有结果。

同时历史不看一时一事的得失，而看长期的轨迹。就如股票，如恒生指数短期之内，一日之中，有上有下，但长期趋势是好是坏，一目了然。

本栏日前笔述“历史的长镜头”。1900年八国联军入京，除了奥匈帝国换了加拿大，正好就是今日八大工业国。当年的中国，由被瓜分的对象，变为谁也不敢忽视的力量，这一事实说明了许多问题。

读懂历史，海峡两岸趋势一目了然。历史无情，不以人的意志、喜好、感情为转移，但有其内在规律，摸索到规律者自可乘风破浪，逆历史潮流而动，只能对隅而泣。

从民国军阀混战、八年全面抗战，到内战，历史大车轮一转，家破人亡者不少。无奈，也是从乱到治的代价。

“勤”

除了个别人特别聪明之外，大多数人都是中等资质；除了个别人运气特别好之外，大多数的运气都是好坏参半，成者逆多于顺。聪明是天生的，运气好坏也是自己难以完全主宰的，只有一样东西是自己可以主宰，这就是勤奋与努力。

故此，多数人的成败，在自身的勤与懒中分道扬镳。可以这样说，成功的人，没有不勤奋的。

发这番议论，是因为看历史史料，当皇帝的，也有勤皇帝、懒皇帝。国泰民安、亡国灭种，就与皇帝的勤与懒直接关联。

历史上最成功的皇帝康熙，一生勤政，他说“勤政实为君之大本，怠荒实亡国之病源”。

清朝得天下，就是因为明朝的几任皇帝懒，而懒必昏庸，昏庸就亡国。明朝万历皇帝几乎二十年不上朝，紧急的军国大事也不管，不作决定。天启皇帝也一样，整天迷恋木工（明式家具，今天盛名），太监魏忠贤在他做木工高兴时去报告军国大事，天启不耐烦地说：“你看着办吧！”结果太监当国，埋下明朝灭亡的种子。

清朝皇帝汲取了教训，开国的几位都是勤政的。康熙十四岁亲政以后，每天清晨早起主持政务会议，四季不断。康熙十八年，北京大地震，他照常早朝。六十年除生病及重大变故外，没有一天荒废的。

他清晨大约四时开始工作，早朝前批阅全国各地的奏折，对国家大事了如指掌。他从少年起练书法，“每日写千余字，从无间断”，三十年不变。

勤政、勤学，一生学习中西文化及科学，使他成为一代明君。

其他的东西无法主宰，唯有一个勤字，是你自己可以主宰的。有了“勤”的精神，你会发现你脚踏实地，内外有了真实感。

齐白石学画

齐白石口述、他的门人张次溪记录的《白石老人自述》，朴素无华，但给人以启示。看看这大画家，如何在无钱无师无任何条件下成才，使人深思。

白石生于清朝同治二年（1863年），出身湖南湘潭县的农家，一亩水田，几间破屋，供五口之家。他七岁便牧牛砍柴，十二岁跟父亲扶犁种田，跟叔父学木匠，乡人称他为“芝木匠”（原名齐纯芝）。但他好读书、好画画，晚上收工，用松枝点火读书习画。到了二十七岁，这个芝木匠才正式得到老师指点，有同乡胡沁园赏识这位勤奋的木匠。胡家是书香之后，家中所藏名人书画颇多，白石就从古人书画中自学。因天资颖悟，诗、书、画猛进，三十岁后从木匠转为画师。

四十岁后开始远游四方，自称“五出五归”，遍游名山大川，自此他的画受眼高心阔的影响。

1917年，白石移居北京，以卖画为业，这位木匠成为名震中外的大画家。

七七事变，日本人进北京，伪政权逼他宣传“中日共荣”，坚拒，被扣留三天，写遗言“子孙永不得做日本官”，表现出崇高的气节。

新中国成立，1950年夏天，毛泽东派车把白石接到中南海，这两位湖南湘潭人，乡音入耳，谈得兴高采烈。

1957年，白石去世，时年九十四岁。

隋炀帝 “问将”

隋炀帝在东宫做太子时，有一次问将军贺若弼：“杨素、韩擒虎、史万岁三人都被誉为良将，该怎样评价他们的优劣？”

贺若弼回答说：“杨素是猛将，不是谋将；韩擒虎是斗将，非领将；史万岁是骑将，不是大将。”将良将分为六种，胆量过人、果断勇敢是猛将；精通兵法、胸有谋略，才是谋将；斗志冲天、行动敏捷、矫健彪悍，是斗将；统率军队纪律严明、军容整齐、雄壮肃穆的才是领将；只能率领一支部队，所向无敌的是骑将；能聚集英雄豪杰，并使之人尽其才的才是大将。

要懂得用人，首先要明白人的个性及能力有长短，有侧重，有内外，有方圆，才能因材施用，统称为良将，但亦细分为六类，根据他的特性放在不同的位置，方可成为一支强大的军队。如果摆错位置，良将就不良，甚至会互相掣肘。

武将如是，文官也如是，文官有正臣也有邪臣。正臣有不同的特性，邪臣也有不同的特性，位置放得对，能够制约，邪臣也能用；位置放得不对，正臣也会互相掣肘。

知人善用，是大学问，无论是创业守业，成在人败也在人。每阅古籍，深感前贤用人学上的精到，因为封建帝制，生死倾亡，就在用人，故积累了大量的经验。

东坡旧事

苏东坡游罗浮山，留下“日啖荔枝三百颗，不辞长作岭南人”句，在广东流传甚广，因为既捧红荔枝，也捧红岭南；后来他发配到海南岛，一千年前，真是“天涯海角”，蛮荒之地。他到岭南，已年过六十，带着家眷离乡别井，长途跋涉，在官场眼中，悲凉之至，乃人生低潮，事业尽头。但这流放生涯，使他有机会浪迹岭南、贴近民间、深入海岛，把中原文化带到边陲，影响深远，这在历史的角度，则是他一生事业的高峰。人生正如事件，近看、远看，立场、角度、距离不同，意义完全两样。

人们只记得东坡居士赞荔枝好，往往忘记他更深含义是反对皇帝家不痛惜民间疾苦，因为早在汉朝开始，岭南地方就向京城进贡荔枝，为了保证送到皇宫时颜色、味道不变，叫“飞骑送荔”，“十里一置飞尘灰，五里一堠兵火催……知是荔枝龙眼来”。驿马接力飞驰，急如兵火，苏东坡对此强烈抨击。“宫中美人一破颜，惊尘溅血流千载”。岭南佳果荔枝和龙眼，过去是皇宫及少数贵族才有机会吃，怪不得老苏到了罗浮山，“日啖荔枝三百颗”了。

苏东坡是求知欲很强而思想开放的人。正因为如此，他才能奉儒，但不迂执；信佛，但又入世；好道，但不消极。他因此成为中国文化史上代表人物之一。

外举不避仇，内举不避亲

春秋时晋国大夫祁黄羊是一个正直无私的人。他年老请求退职，晋悼公同意了他的要求，并请他推荐一位有才能的人，来继任他的工作。祁黄羊当即推荐了解狐。悼公惊异地问：“解狐？他不是与你有私仇吗？”祁说：“主公不是要我推荐有才能的人吗？私仇不私仇，我没有考虑。”晋悼公就任命解狐继承了祁的职务，出任晋国大夫。

不料解狐奉命以后，意外身亡。悼公就请祁再推荐一位合适的人才为继任者。祁黄羊当即推荐了祁午。悼公不免惊诧，说：“祁午？他不就是你的儿子吗？”答：“你不是要我推荐合适的人才吗？儿子不儿子，我没有考虑。”悼公任命祁午接任，成绩获朝野称许。

孔子很赞赏祁黄羊，说他“外举不避仇，内举不避亲”，指大公无私、心无挂碍，不以与自己私人关系亲疏而影响任用、评价、推荐人才。

这使笔者想起当代陕西省扶风县法门寺的地宫修建，源于1987年释迦牟尼佛指舍利出土。唐代开国，八位皇帝供奉佛指舍利，韩愈因而被贬潮州。而后失踪一千二百年，舍利重现人间，特别是先师吴立民为佛舍利唐密曼陀罗写了专著，为中土及日本的密法树起了法幢，国内外掘出了源流，实为千年大事因缘。

吴老奉命按唐密曼陀罗重塑法门寺地宫。于是海内外的专项工程公司，都以能参加这一工作为荣，积极竞争。吴老之子吴元白也是专门从事佛寺工程的，当然希望参与竞投。怎晓得父亲一句话：“你不可参与此事。”问：“何解？”答：“你未够资格。”

但吴元白没有放弃，日夜苦苦钻研，对每一塑像、每一真言，从整体布局及微观法意都潜心研究，体会吴老设计的匠心，并进行交谈。吴老在定中参悟设计的法意，每有修改，随传随到，通宵达旦。

最后在法门寺地宫佛舍利重建时，吴老写信给赵朴初，指定由其子参与并负责，成绩得到各界赞叹，吴老没有说一句话。

纸上谈兵张佩纶

本来人的能力有高下，无须过于分别。但有一种人必须注意，这就是本来本事不大，但扮到好像本事很大，不但骗到别人，而且居然连其本人也信以为真，倘重用这种人，就误大事。

笔者发这番感慨，是读清史中有这么一件真人真事，而且时间距离现在不远，光绪年间的事。

话说这位张佩纶是同治十年进士，同光年间有四位名翰林以敢言见称，人称“翰林四谏”，张佩纶是其中之一。这位老张尤其以慷慨谈军事受到朝廷赏识，他文章好、口才好，十分自负。久而久之，也自以为是军事家，朝廷派他会办福建海疆防务。光绪十年，中法战争（1884年—1885年）起，法国陆军攻谅山被击退，海军攻台湾澎湖也被击退。法国将军孤拔率军舰转入闽海，攻打马尾，而驻守马尾的正是这位会办大臣张佩纶。且看这场仗是如何输的！

法国舰队进入马江，张佩纶摆出诸葛孔明的姿态，判定法军虚张声势，志在迫和，于是按兵不动，待敌自退。过了一夜，法舰仍在马江游弋，未敢进港，张佩纶更以为自己料事如神，约几个好友畅饮谈兵，洋洋自得。饮酒之际，军情急报，法兵舰已驶入马尾，请示如何对付，张仍坚持己见，结果法舰见毫无动静，于是开炮攻击，七艘中国兵船被击沉，张佩纶听见炮声隆隆才醒悟，急急从后门逃跑。

这位“翰林四谏”、夸夸其谈的张大人，平常谈军事滔滔不绝，但临阵一无是处，未经开战已大败而逃，呜呼哀哉！

马尾大败，是中法战争的关键，就输在这位仁兄手中。

左宗棠派人去捉他时，张佩纶一样大堆道理辩解。最后，这位老兄被充军黑龙江。

左宗棠的“经世致用”

清代中兴名臣曾、左、李，笔者心仪左宗棠。曾国藩有点“伪”，李鸿章太热衷官场。左宗棠狂放自大，但有真才华、真性情，因其真，故气势大。

他三十七岁还在乡间教书，穷困潦倒，他自题“身无半亩，心忧天下；读破万卷，神交古人”。中国读书人历来分两大派，多数是“应付考试”，以考中科举读书做官为目的；少数的如左宗棠，走的是“经世致用”的道路。十八岁时，他读顾炎武《天下郡国利病书》等涉及历史、地理、军事、经济、水利等著作，如痴如醉，做详细的笔记。当时沉湎于八股文的学子都取笑他，但他坚持走自己的路。果然他在科场上屡屡失意，在六年中三试不第，对他是很大的打击。在科举时代，读书人不中科举就难以进身，有志之士只有通过科举获取地位，才能实践其志。左宗棠自负、自尊心强，三试不第之后，就下决心不再参加会试，“绝意仕途”，打算“长为农夫没世”。一直到近四十岁，尽管才名满江湖，他还只是乡间教师。

直到林则徐过湖南长沙，约左宗棠夜话湘舟，其后向朝廷多次力荐。曾国藩办湘军，请左宗棠入幕，这位不走科举仕途的左氏才光芒四射、为国立功。他后来带兵打仗，施政理财，收复新疆，荡平内乱，收拾东南残局，再推行洋务，得益于他求真学问的长期积累。相反，那些读死书之辈，尽管做到大官，一见到太平天国乱局或者外国船坚炮利，很少不手足无措的。

林则徐在长沙时，把他在新疆取得的资料全部托付给左宗棠，想不到二十年后，真是此子完成了平定新疆的重任。至今新疆仍在中国版图，左氏功不可没，这正是他在曾左李中脱颖而出的原因。官场是一时，国事方是千秋。

中华之难，中华当之

太平天国起事，大清江山摇摇欲坠。1860年10月，人称“鬼子六”的恭亲王向咸丰皇帝上了一道密奏，建议“借兵助剿”，即联合“洋兵”镇压太平天国。由于事关重大，咸丰将奏折发给两江总督等人征询。

当时与太平军作战的主力曾国藩，出于“为臣不得罪皇室”规矩，不好断然反对恭亲王之议；但在给咸丰的奏折中，强调中国“足以自立”，并指出“自古外夷之助中国，成功之后，每多意外要求”，这触动朝廷的隐忧。恭亲王的借兵助剿之议被暂时搁置。

1862年1月，太平军李秀成带领十多万人，分水陆五路，向上海进攻；上海官绅一方面去安庆向曾国藩求救，同时又再提出“借兵助剿”的计划，而当时慈禧及恭亲王等人，已命令总理各国事务衙门与驻京的英法使馆磋商，并告之江苏巡抚薛焕，要他与上海英法驻军筹商，自行决定。于是上海成立“中外会防局”，并草拟了《筹论借师助剿章程》八条，会同英法联军助守上海。

曾国藩上书，“借洋兵以助守上海，共保华洋之人财则可，借洋兵以助剿苏州，代复中国之疆土，则不可”。借兵助剿，只限于通商口岸，不得深入内地。

曾国藩一连三奏，并写信给恭亲王。在奏折中，曾国藩用了八个字“中华之难，中华当之”。一国民族，没有这种精神，后患无穷。

曾国藩之所以为曾国藩，就在这八个字，这叫主心骨。

想想也是，金融海啸，你破产、你无饭吃，能靠别人吗？人家能养你一世吗，能包你儿女供书教学吗？靠什么？靠自己努力、自己翻身、自己打天下。个人尚且如此，何况国家民族？

中国有难，中国人解决。十三亿人口，谁会养你？谁能养你？不是很简单的道理吗？

不可与言道

曾文正公日记中有一段说："天下之人，稍有才智者，必思有所表现，以自旌异于人。好胜者此也，好名者亦此也……虽才智有大小深浅之不同，其不知足，不安分则一也。能打破此一副庸俗之见，而后可与言道。"

20世纪90年代，寻师访友，希望解决疑团，足迹遍南北，发现"盛名之下其实难副"的不少，故弄玄虚者不少，有点失望。

宋代大慧禅师也曾怀疑"悟道"之说。认为是禅门中人故弄玄虚、欺世盗名。原因是他本人因把握了点禅理，有些江湖"名家"都印证大慧已"开悟"，而大慧本人自己知自己事，自己是凡夫俗子，被认为是悟道大师，闻名全国，被捧上"宗师"的地位，既可气又可笑。正如今天，扮阔佬、扮大师、扮要人等，但真正银行里有多少钱，自己清楚。

失望的大慧上云居山，见到圆悟，圆悟一眼就看穿，要他好好修行。后来大慧在云居山圆悟座下开悟，他才真正明白开悟的真实不虚，宗门的伟大。大慧把自己的经历写下来，也成为后来的公案。

曾文正公这段话看到表面内里矫情，有才智要表现，人之常情；好名好胜好财，社会之动力。如果不想出人头地，曾家兄弟也不必去赶功名，出将入相。

庸俗与否，在于“公私”一念，大节为公，念天下苍生，一等好官。至于言道得道者，有木讷之人，也有调皮之人，此为将相，也为习气。但不论何根何器，内心一点热忱及信心是前提，心胸开阔是基础，聪明与实在合而为一，有希望。

曾文正公有才华，懂权谋，但矫情。他的话不可全信，未必是他所想和所行。他不像大慧禅师敢于直面自己，所以他能当上大官，但“不可与言道”。

从乾隆看当局者迷

清到乾隆一朝达到顶峰。他统一了新疆天山南北，在伊犁设“将军”，驻扎军队，从东北老家调三千人戍边；南疆全面收复，任命参赞大臣。西藏设驻藏大臣，在西藏驻军，达赖、班禅的决定权也在北京；缅甸及越南亦归顺为附属国。当时人口达三亿人，乾隆五十八年（1793年）八月十三日，乾隆皇帝在承德避暑山庄接见英国使臣马戛尔尼时说“天朝物产丰盈，无所不有”，“天朝统驭万国”，“天朝抚有四海”。

乾隆执政六十年，在位既长，享年又高。中国历史只有四个皇帝享年八十以上，其余三位或半壁江山，或在位不长，或国亡而死，都不能与乾隆相比。难怪乾隆自称“十全老人”，“十全武功”。他放眼四海，无任何威胁的势力。

殊不知，这种自满埋下了盛极而衰的祸根。因为他的眼光所见的只是“中国”，他不知道也不想知道世界上其他地方发生了什么事。日前本栏谈当局者迷，不但可断送个人、公司的前途，连国家也如是。乾隆踌躇满志、自得其乐于中国的农业社会时，西方正发生历史性的、划时代的巨大变化，就发生在乾隆这六十年。

工业革命在欧洲兴起。1765年，乾隆三十年，英国发明纺织机。1785年，乾隆五十年，瓦特改良蒸汽机，轮船、火车正在酝酿。

1755年，俄国建立莫斯科大学。1780年，美国科学院在波士顿成立。从机械到医学到军火，在乾隆年间，欧美国家迅速发展，中国朝野却茫然无知。

当局者迷，通常思想僵化自以为是，不思进取执迷不悟，老子天下第一，不看不顾周围的变化，结果面临被淘汰的命运。就如那蜜蜂在玻璃上狂钻，以为能飞出来，结果筋疲力尽，连怎么死的都不知道。

当局者迷，通常是曾经光辉灿烂、自我陶醉，又不肯放下身段。

乾隆死后四十年，1840年，鸦片战争爆发。中国几乎亡国灭种，可见“当局者迷”充满血泪。

如何破当局者迷

乾隆是1799年驾崩的，鸦片战争是1840年爆发的，相差四十年。乾隆传嘉庆，嘉庆传道光，祖孙三代，四十年间，偌大的中国变得千疮百孔，严重衰败。这块“肥肉”，引起了工业革命成功的西方列强食欲。第一个开刀的是英国人，随后法、德、日、意、美……争先恐后加入。足足经过一百多年，数代人的流血及努力，才摆脱困境，又再度崛起。

顺利时，自大自傲，看不到自己的弱点；衰败时，自卑自怨，看不到自己的优势，这两种都是“当局者迷”。

如何破“当局者迷”？出局也。真正出局了，才会反思、才会重新认识自己。但往往一失足成千古恨，未必有重新振作的机会了。看过往百多年历史，中国割了东北大片土地给俄国、蒙古独立、台湾割给日本、东三省成为“满洲国”，各大城市也划出外国租界，连海关、铁路、邮政，也为列强控制，加上抗战时东北大片国土已被日本占领，中国实质被肢解。这个大而无当的国家，在国际上毫无地位可言，被称为“东亚病夫”。

出局，并不好玩；就如破产，多数永无重振雄风之日。

所以，有智慧的人会“留在局中时，就出局看自己”。如果乾隆皇帝不是满足于“十全老人”，满足于帝国的辉煌，而是严肃对付从上（和珅）到下的贪污腐败，整顿吏治，对外派出代表到西欧、到俄国、到美洲去参学——1789年法国大革命，1793年法国国王路易十六被处死，欧洲工业革命及社会革命正发生在乾隆年间，风起云涌。我们乾隆爷若不是自我陶醉，怎会为儿孙埋下祸根。

同样，在逆境时、困境时，也要“出局”看自己，找出长处、优点，建立信心。因为自卑、自怨自艾，也是“当局者迷”。道光之后，朝廷“闻洋色变”，为例。

从五台话说起

阎锡山，是山西五台人。民国之后他权倾山西，成为土皇帝，当时山西有句话，叫作“学会五台话，不愁没有洋刀挎”。挎洋刀就是当官。

为什么这样呢？阎锡山用子弟兵，他的部下多是五台、定襄、原平一带的人，五台帮就控制了山西的重要部门三十多年。不是五台周边的人，在仕途商途都难以发展，于是整个山西都兴起学五台话之风，连晋南、晋西北的人，要出来场面混的，说话都有意带着五台味，或设法与五台地区拉点亲戚关系。

笔者写这一段历史，是用一个小例子，说明语言的兴衰是利益的推动，这是最原始的动力。

第二种力量，是传统的力量及数量。由于中国人口多，汉语的传统力量大，清朝入关时，满人想改变，但改变不了，只得向传统投降，放弃了满语而改用汉语，而今满文基本绝迹，满人汉化了。日本人在东北及台湾时也推行过日语教育，但最后都失败了。

法语曾是欧洲包括俄国上流社会的语言，随着法国国力衰微而走向衰落；英语本来也随着英国的衰落而式微，但出了个美国，今日英语在国际上流行是美国国力及影响力所赐。日语在八十年代，曾小小冒头，但随日本经济而起落。

普通话也可流行？其发展势头，随中国的国运及影响力而起落。对中国前景怎么看？如何得宜地处理与内地的关系，为香港争取最大的利益以及双赢的局面，至今香港仍在迷惘，未找到顺畅的方向，这成为香港发展的障碍，尽管已回归七年了！

（今日学普通话的人越来越多了，但香港仍未完全从困局中走出。——此文十年后注。）

专找皇帝麻烦的“给事中”

阅读明清官制的典籍，使笔者拍案。封建统治者的权力平衡设计，是绞尽脑汁，甚至连皇帝，也在制度上加以平衡。

明代有几种七品小官，官位低，权力甚大，但都要有进士、翰林身份才能出任。

一种有权的小京官叫“给事中”。他的职责，凡是皇帝的手诏下到各部，在程序上必须先经过“给事中”拆阅并签署后，才能交给各部尚书去执行。

如果这个“给事中”认为皇帝的批示中有违法或不便民的地方，“给事中”有权将公文退回给皇帝；如果皇帝坚持己见，“给事中”可再次退回，除非皇帝下令“炒其鱿鱼”。

这里有一个设计，“给事中”可以驳皇帝的圣旨，但因官职卑微，没有见皇帝的资格，除非皇帝召见。

明太祖了解到国家的败坏，帝王本人的糊涂及不守法是主因；但皇帝的手诏下到六部，大官为了保位，明知皇帝糊涂或有错误，亦不敢驳复。以年轻的进士翰林出身、有学问又有正义感者出任“给事中”，他们见不到皇帝，皇帝也不认识他们，他们的职责只是就事论事，专找皇帝的麻烦，实际上为皇帝的决策把关。

明朝的邹应龙弹劾严嵩成功，之前就有“给事中”弹劾过。另外两种官小权大的官位，就是“八府巡按”及县官。

用七品“给事中”制约皇帝，这是以小见大、以小制大，通易理。至于其他两种，明天再谈。

官小权大话县官

明太祖用进士翰林出任七品的县官、给事中，还有巡按使，用意是深远的。中国历史上所发生的民变，多由县府腐败，地方上的土豪劣绅勾结县官、操纵权力、压迫平民而起。

明清两代的正县长，一定要两榜进士出身，其任用经过皇帝亲笔批准，其撤任同样要由吏部转呈钦准。县官的特点是官位小(七品)，实权大(生杀之权)，来头大(两榜进士，皇帝钦点)，而且每年都用一批新血加入，不可在原籍当官，数年一换。

县官虽然七品，但居住在他辖区的一品二品大员，如果犯了法，他照样可以治罪。在明清两代，任何大官贵戚对本县的官都要买账的，见面或通信都称县官为“父台”，今天讲“父母官”。而且官场有不成文的规定，“宰相出于州府”。朝廷的宰相，要由县长一路爬上来，经历各地方行政历练。

明清两代由县官升到尚书宰相的，比比皆是，像海瑞，本是海南岛人，科举上榜，就派到浙江当县官。清代当过两广总督的吴棠，就在江苏做县官。康熙时的名官于成龙，就在广西罗城做县长起家。

朝廷是用有功名的读书人的清傲，加上“初生之犊不畏虎”的精神，给予权力，使他们能压服地方的土豪劣绅。在仕途上由七品县官，一直可做到宰相，因一品二品大官，同是进士。科举制度有其弊病，但亦有其可取之处，起码在输送人才方面是平等的。直到今日，自有借镜之处。

封建制度是人治，制度再严密人可变之，民主是以法律及制度为先，用之制约人。

一脚踢出个吴佩孚

吴佩孚是民初大军阀，拥雄兵百万，坐镇中原。五十岁时，在河南过生日，擦鞋者众，康有为亦其中之一，写下一对名联："牧野鹰扬，百世功名才一半；洛阳虎视，八方风雨会中州。"可见当年吴佩孚的气势。

但吴佩孚的成功在一脚，在受辱后发愤，否则终其一生，只是个鸦片烟鬼。

吴佩孚，字子玉，山东蓬莱人，少好读书，中秀才，但年轻染上鸦片烟瘾。清末之际，吴氏故乡蓬莱，烟馆林立，分上、中、下三等，不同阶层招朋引友在烟馆聚首谈心，烟馆成为社会应酬中心。吴佩孚为穷秀才，只能混迹下等烟馆，与低层人士杂处。一日，吴佩孚烟瘾发作，下等房满坐，烟瘾难顶就溜进上等区，想吸几口烟顶瘾。刚好上等房翁钦生在座，彼此亦面熟，吴氏求通融，怎晓得翁氏不买账，一见吴氏开口就骂："吴老二，这里是你进来的吗？滚！"朝吴氏猛踢一脚，吴抱头逃窜。

吴氏后来回忆，这一脚把他踢醒，重大的侮辱使他发愤图强，发誓不再吸鸦片，离开家乡进入军界，用严格的纪律在生死系于一线的战争中磨炼自己。光绪三十二年，吴佩孚升为"管带"，驻长春车站，刚好遇到当年踢他一脚的翁钦生。吴把翁视为上宾，请到营房送钱回乡。吴视翁为恩人，因为不是他那一脚，踢不出吴的志气及决心，历史上也少了一个人物。

吴佩孚虽是大军阀，但有民族气节。日本侵华时，日方全力邀请吴出任华北首领，吴坚拒。汪精卫当了汉奸，吴佩孚留下清名。

“遏必隆刀”

有前辈一生收集兵器，忠王李秀成的佩剑、大刀王五的刀、铃木大将指挥日俄战争的武士刀，有“遏必隆刀”为清一代的名刀。

遏必隆为清初名将，随清世祖入关，身经百战。顺治逝世时，与鳌拜同为辅政大臣，同赐先斩后奏之宝刀。这刀以纯钢与金刚石混铸而成，寒气逼人，刀长二尺五寸，削铁如泥，实为宝物。康熙八年，因鳌拜治罪，遏必隆受牵连，此刀被康熙收回，存于内府。

到雍正年间，遏必隆之孙讷亲，再度世袭爵位，并成为亲信大臣。乾隆年间，四川大小金川少数民族叛乱，多年打不下，乾隆命讷亲前往督师。这位养尊处优又自视很高的公子哥儿出身的大臣，面临军阵，初时妄动，后则怕死，使阵前死伤惨重。乾隆帝命侍卫鄂实亲携遏必隆刀，以“尚方宝剑”斩讷亲于军中，这段史实多有记载，结果士气大振。

到了1916年，袁世凯称帝，蔡锷在云南起义反袁。袁的左右熟读清史，以乾隆用遏必隆刀斩讷亲于军中而平金川叛乱，建议袁世凯效法。结果袁氏入内宫请刀，溥仪派内务府大臣亲自送入新华门交袁世凯。老袁择吉日，召集文武于怀仁堂，授刀给雷震春。凡西征将士畏缩不前，遏必隆刀先斩后奏。后来袁世凯垮台，此刀流落民间。

看古物，在于其背后的故事及历史，隐然显现世代变迁、人物造化的轨迹。

潮州萧举人与丐帮

《清朝野史大观》有一段记载光绪年间发生在潮州揭阳县的故事。

揭阳萧氏，好读书，但家中很穷，想进京考进士，但筹不出旅费，迫不得已向亲友告贷。但亲友看他不起，无人肯借，他准备一桌酒席拟请亲友，等了几个钟头，无一人到。

恰好有一班中原口音乞儿经过萧家门口，想乞点残羹剩饭。一肚子委屈及无奈的萧氏，对群丐招手："亲友知我筹钱推托不来，不如请众大哥来饱餐一顿吧。"

今日饱餐是普通事，但百年前穷困，吃肉喝酒堪称人生大事。众乞儿受到招待，问："从潮州到北京要用多少钱才够旅费？"萧氏曰："只求沿途有食住，平安到京师参加考试。"乞儿的头目叫"红面亮"，道："这有何难处，我们为萧老爷筹办。"

于是萧氏上京，二十名乞儿随行，挑行李、沿途求乞。这班乞儿来自河南，湖广、长江流域、河北、北京地界都有团伙。"乞儿入席"的故事，使萧氏成为丐帮英雄，一路护送到北京。

萧氏果然金榜题名、高中进士，并进宫受皇帝接见，被派到安徽桐城做知县。衣锦还乡，亲友在揭阳县东门外五里"接友亭"迎接。萧氏量大，不提往事。往安徽赴任时，亲友纷纷送行，并赠旅费以壮行色。萧氏婉拒，只带"红面亮"及他几位精壮手下，同往桐城上任。

四年后，萧氏升云南知府，他们也同往。

这几名“亲随”始终未入官府，混迹民间，当萧氏眼线，故萧氏在桐城及云南屡破大案。此事发生距今百年左右，应不至于大谬。

移花接木，嫣嫣与春申君

春申君，战国四公子之一，为楚国之相。他有门客叫李园，李园有妹叫嫣嫣，是有名的大美人，送给春申君为妾，过门三个月就怀了孕。

一天，嫣嫣对春申君说：“你当了二十多年国相，得罪许多人。楚王无后，一旦去世，传位给他的兄弟，恐怕你无法自保。我有一计，不仅能免祸，还能得福，只是不好意思说出口。

“我今已怀孕，你如果把我献给大王，生个男孩，肯定能继位。你的亲骨肉当了楚王，你还愁什么呢，这叫移花接木之计。”

春申君把嫣嫣献给楚王，果然生子，且是双胞胎。大儿子册封为太子，嫣嫣成后，李园为国舅。不久，楚王病重，春申君以为自己的儿子将当楚王了。这时，他的一位门客朱英对他说：“天下有意想不到的福，有意想不到的祸，也有意想不到的人。”

朱英说：“你的儿子即位，这是意想不到的福；但国舅李园及嫣嫣，可能会对付你，这是意想不到的祸；你是我的恩公，我自愿替你去对付李园，我就是意想不到的人。”春申君说：“李园哪里敢。”朱英长叹：“想不到你也是意想不到的人。”就跑到别国隐居起来。

过了十多天，楚王死了，李园叫人报告春申君。春申君一进宫，被武士包围：“奉太后密令，你想谋反。”儿子当了楚王，妾侍当了太后，春申君却被处死。

这段历史，把“移花接木”、“美人计”、“过河抽板”、“欲擒故纵”、“连环计”、“反客为主”等计谋汇于一炉，使人叹为观止，也是凭狠毒及美色爬上顶峰的注解。

明代伶人干政二例

明代宫廷流行演戏，伶人丑角可畅所欲言，有二例。成化年间，保国公朱永管辖京城十二营兵权。他大兴土木建自己的官邸，竟动用营内兵卒两千人去当工人。这件事许多人都知道，但碍于保国公权势，谁也不敢参奏。明代有谏官，职责是检举不法行为，动用军队为私人服务是严重违纪，但谏官们也不敢说话。

这件事却给两位丑角说破了。伶人在皇宫演戏，一位唱道“人说张良智计灵，六千兵散楚歌声”，另一位唱道：“歌辞是八千子弟兵，怎么说是六千？”“你不晓得内情，其中二千兵丁都到保国公家盖房子去了。”皇帝听了，过问此事，保国公赶快把兵卒撤走。

明代著名太监刘瑾，权倾一时。他在锦衣卫、东厂、西厂之上另设内厂，自己主管，有权侦知皇帝以下任何人的行踪。文武百官怒不敢言，皇帝被蒙骗。一次在宫廷，二位丑角演一出戏，京城之内，众官听到“八千岁到”，无人理会；“皇上驾到”，只是见状做些姿态。但一声“刘公公到”，马上诚惶诚恐。丑角们没有说话，只是默剧，但默到要害，使皇帝十分震动。后来刘瑾谋反，皇帝及时制止，丑角功不可没。

文艺与政治，说不可干涉，其实自古以来，都是互相起作用的。

“望梅止渴”的虚与实

“望梅止渴”的成语出自曹操。很巧，与其相对的“画饼充饥”出自曹操的孙子曹睿。祖孙二人，在中国文字中一人创一句成语，悠悠千年，亦属难得。

话说曹操领兵赶路，天热又找不到水喝，士兵走不动了。曹操心生一计，传令道：“前面有座大梅林，赶到那里，可吃酸甜的梅子。”士兵们听说有梅子，流口水，于是振作精神，继续前行。后来，人们就把虚妄而不能实现的愿望，称为“望梅止渴”。

曹睿是曹操孙子，三国时魏国第二代君王。他有个亲信大臣姓卢，一次小曹想找一个适当人选任“中书郎”，请卢某推荐。小曹说，千万别找徒有虚名的人，“选举莫取有名，名如画地作饼，不可吃也”。这句话很形象，传开去，留下来，成了“画饼充饥”这句成语。“画饼充饥”与“望梅止渴”都有虚而无实，用妄想来自我安慰的意思。这两句在《水浒传》五十一回有一段，是一起用的。女艺人白秀英向雷横讨赏钱，雷横忘记带钱，便说：“我赏你三五两银子，也不打紧，却恨今日忘记带来。”白秀英道：“官人今日眼前一文也无，提甚三五两银子！正是教俺望梅止渴，画饼充饥。”

话又说回来，这两句话带有理想主义的色彩，可以在困难、逆境时激起人们的斗志。士兵正是想象有一片梅林，才打起精神前进。在穷困时，正是想到会成功，人们才能坚持，才不放弃。许多人是靠“望梅”及“画饼”挨过来的。这正是浪漫主义情怀，而人在艰难时，浪漫与理想，是撑过去的动力。

宗教、信仰、意识形态，其实在许多人的心目中，都充当“望梅”及“画饼”的角色。这里面有一个以虚带实的问题，有一个精神变物质的层次。

南明旧事

1649年，清廷已在北京紫禁城登基，逃到云南的南明永历皇帝，决定派出使节向罗马教皇求援。促成此事的传教士卜弥格被委任为全权特使，年轻官员陈安德携带永历皇帝亲笔信，与卜弥格同行，陈安德成为中国第一个赴欧洲的外交官。南明皇帝想的是恢复江山，传教士想的是把中国变成天主教国家，政治、宗教、外交从来不离利益。

历尽艰险，1652年12月，两人来到威尼斯。当时威尼斯总督拒绝接见南明使者，他想在中国明清交战双方之间保持中立。

本来要接见“南明使臣”的罗马教皇英诺森十世，因法国人在威尼斯介入，感到反感，拖延时间。而新当选的耶稣会总长尼克尔认为，接见南明使节会危及耶稣会在中国的传教活动。结果罗马教廷三次召开会议，商讨如何应对南明使者。卜弥格与陈安德这一等就是三年。你急，他不急，求人不就是这样吗？

1655年12月，三年过去，罗马教皇英诺森去世。新上任的教皇亚历山大七世，新官上任，希望打开中国大门，终于接见了南明使节卜弥格和陈安德。但新罗马教皇表示，除了同情之外，提供不了实际帮助。他写了一封回信给南明皇帝，并会祈祷皇帝能渡过难关。六年的努力得到一纸回信，但凭这封信，这两位使者获得葡萄牙国王约翰四世接见。约翰四世口头上表示考虑军事援助南明，但条件是一旦南明复辟，给予葡国在中国更大地盘及利益。

1656年3月，南明使节卜弥格和陈安德，在离开中国七年后，踏上回程。当他们到印度果阿时，知道南明政权岌岌可危。他们想到澳门，但葡萄牙澳门政府不允入境，因为要确保与清政府的贸易不受影响。他们再转到泰国，经越南到中国边境，这时已是1658年初。1659年，卜弥格去世，陈安德将其安葬后，独自一人带着几封外交信件，潜入云南，向永历皇帝复命，整整十年。

南明永历皇帝最终没有盼来欧洲的援助，吴三桂大军愈来愈逼近。三年后,1662年，永历皇帝被俘，并被处死，而陈安德这位“外交官”也不知所终，消失于历史长河。温故知新。

/

霍英东的“放下”与“观空”

/

一诚大师未出任中国佛协主席前，是江西永修县云居山真如禅寺的老和尚。修行人的道场，都是穷的，连路都没有一条，上山三十里，禅门中人尊重祖师道场，但求福报的善男信女绝少到访。一晚寒风刺骨，烧炭取暖，谈起境界。他说：“有好的境界是好事，但一知道，一起喜欢心，境界马上走。”此话过来人都明白。推论财、权、势、漂亮、聪明……都是好事，但自以为有财、有权、有势、长得漂亮、人聪明……就出现副作用。这恰如禅定中，好境界出现，你持正常心，好境界停留，你一生喜欢心，马上消失。

霍英东先生，如果从财富加政治地位而言，恐怕是香港数一数二的人物。而他最与众不同的地方，是他拥有很多，但不觉得自己拥有，这就叫“放下”，或者名之为“观空”。这是极为难得、万中无一的。一次喝咖啡，他穿运动装，自己背个网球拍，一个人走进咖啡室，不但没有保镖，连打球的衣物、一个大袋，自己背。超级富豪加国家领导人，香港只有一个，像他这样放下，也只有一个。

廖承志，在香港被尊称为廖公，但周恩来把他称为小廖。长征时候，小廖被张国焘胁持，总理就营救。而在周总理、邓小平、陈毅、廖承志主管工作时代，霍英东就已是中南海座上客。在很讲究排资论辈的官场，霍英东的辈分是第一级的，是第一代领导人的朋友。但正因为他的谦厚、随和及平等待人的风格，赢得上、中、下的尊重。一些“见高拜，见低踩”之辈，在老霍面前，应惭愧。以他与邓小平的交往，可谓金口一开，财源滚滚，但他老人家只作奉献，从不要求，连全国政协副主席高位，也是中央提议的，这与孜孜求名利者甚至出钱买官者，岂可同日而语！

讲平常心，老霍是也，境界修养，难得一见。香港这功利社会，能出这般人物，也是异数。

/

历史的俘虏

/

二战时日本突袭珍珠港，日本联合舰队司令山本五十六大将在排除一切反对意见后，提出制订执行偷袭珍珠港的行动。

山本五十六是日本少有的美国问题专家，他毕业于美国哈佛大学，并担任日本驻美大使馆海军武官。他对美国了如指掌，是杰出的战略家，他曾直率地反对与美国作战。1940年秋，他向日本首相表示："如果我奉令不计一切后果而对美作战的话，最初六个月可以干得有声有色，但对于第二年及第三年的战争，则完全没有信心。我希望，阁下能致力避免发生日美战争。"

既然山本五十六大将如此清晰明白后果，怎么后来又成为极力主张对美开战，并策动偷袭珍珠港的主帅呢?

就是香港人人会讲的一句话："人在江湖，身不由己。"日本发动大战就等于骑上虎背，在中国的百万军队陷入泥淖，就如今日在伊拉克的美军，"打不赢，输不起，撤不走"。到了这一阶段，日本要南进，取得南洋的资源，就必须突破美国军力。山本作为日本民族主义者，武士道"忠君"的军人，别无选择，只有向美国开战。而且要么不打，一打就是狠打，"不入虎穴，焉得虎子"是山本经常引用的中国格言。他也有赌徒性格，他是历史的俘虏。

许多事情，人都是身不由己，会成为情绪的俘虏、欲望的俘虏、形势的俘虏、历史的俘虏。当事情到了一个阶段，当骑上虎背，起决定作用的往往不是理论而是形势所推动。小事、大事、家事、国事、天下事都如是，潮流一起，被推着走。

又及，山本五十六后在南洋群岛乘军机视察，电报被盟军破解，截机身亡。